U0081135

凱信企管

**用對的方法充實自己，
讓人生變得更美好！**

凱信企管

用對的方法充實自己，
讓人生變得更美好！

征服考場

英檢單字

New GEPT

初級&中級

12段進階式‥

得分王

Preface 作者序

你，想要一次通過全民英檢考試嗎？

那麼，選擇這一本就對了！

全書精選全民英檢單字庫的核心必備單字，從精準選字到貼近實際測驗的例句，再到不同詞性詞義、同反義字、片語及慣用語的延伸學習，搭配強化單字記憶的趣味練習題，讓你準備英檢不再毫無頭緒，考一次就過關！

《征服考場 英檢單字 12 段進階式得分王（初級＆中級）》一書，特別以 12 個階段來規劃學習進度，帶大家以激勵式的方式，完成一階段的單字後，再往下一個階段邁進，有效率、不慌張的循序漸進，必能達標，為考試準備好最萬全的基礎能力。

另外，很多人最大的困擾，莫過於單字如何能夠記住不忘？為此，我特別設計了五種的單字技巧練習題，包括有：同反義單字技巧、問答聯想技巧、前後文線索、詞彙分類技巧、找字拼字等五種方式，提供讀者利用更多有邏輯的活腦記單字方式，有效又有趣。只要跟著每一階段的進度 step by step，單字一定能夠記得住記得牢。

Are you ready?

跟著本書，一舉高分通過全民英檢，一考就中。加油！

目錄
Contents

第1階段

A **B**

單字練習題：前後文線索記單字、分類法記單字

第 1 階段 音檔雲端連結

因各家手機系統不同，若無法直接掃描，仍可以至以下電腦雲端連結下載收聽。
（https://tinyurl.com/3nt6jz37）

☺ *Aa* ········

a/an
[ə/æn]
冠 一、一個

> Leo has **a** cute dog.
> 立歐有一隻可愛的狗。

a·bil·i·ty
[əˋbɪlətɪ]
名 能力
同 capacity 能力

> Because of his excellent **ability**, he makes lots of money.
> 因為他有傑出的能力，他賺了大把的錢。

a·ble
[ˋebl̩]
形 能幹的、有能力的
同 capable 有能力的

> He said he is **able** to fly!
> 他說他會飛！
> 延伸學習　片 be able to do sth. 能夠做某事

a·bout
[əˋbaʊt]
副 大約
介 關於
同 concerning 關於

> This pen costs me **about** one hundred dollars.
> 這枝筆花了我大約一百塊。

a·bove
[əˋbʌv]
形 上面的
副 在上面
介 在……上面
名 上面

> There is a rainbow **above** the hill.
> 山丘上有一道彩虹。

a·broad
[əˋbrɔd]
副 在國外、到國外
同 overseas 在國外

> I will study **abroad**.
> 我要出國念書。
> 延伸學習　片 go abroad 出國

ab·sent
[`æbsn̩t]
形 缺席的

> Is Sandy **absent** again?
> 珊蒂又缺席了嗎?
>
> 延伸學習　片 absent-minded 心不在焉

ac·cept
[ək`sɛpt]
動 接受

> Did you **accept** his idea?
> 你接受他的想法了嗎?
>
> 延伸學習　反 refuse 拒絕

ac·ci·dent
[`æksədənt]
名 事故、偶發事件

> Many people died in the **accident**.
> 許多人死於這場事故。
>
> 延伸學習　同 casualty 事故

a·chieve·(ment)
[ə`tʃiv(mənt)]
動 實現、完成
名 成績、成就

> I believe I can **achieve** the unachievable.
> 我相信自己可以實現那些無法實現的。

a·cross
[ə`krɔs]
副 橫過
介 穿過、橫過

> I walk **across** this road.
> 我穿越這條馬路。
>
> 延伸學習　同 cross 越過

act
[ækt]
名 行為、行動、法案
動 行動、扮演、下判決

> She **acts** as Queen Elizabeth in the play.
> 她在這齣劇中扮演伊莉莎白女王。

ac·tion
[`ækʃən]
名 行動、活動

> His **action** is quick.
> 他的動作很敏捷。
>
> 延伸學習　同 behavior 行為、舉止

ac·tive
[`æktɪv]
形 活躍的

> He is quite **active** in school.
> 他在學校很活躍。
>
> 延伸學習　同 dynamic 充滿活力的

ac·tiv·i·ty
[æk'tɪvətɪ]
名 活動、活躍

> We learned a lot from the **activity**.
> 我們從這活動中學到很多。

ac·tor
['æktɚ]
名 男演員

> Leonardo Dicaprio is my favorite **actor**.
> 李奧納多是我最喜歡的男演員。

延伸學習　同 performer 演出者

ac·tress
['æktrɪs]
名 女演員

> I want to be an **actress** in the future.
> 以後我想要當一個女演員。

延伸學習　同 performer 演出者

add
[æd]
動 增加

> **Add** salt into this soup.
> 加點鹽到湯裡面。

延伸學習　反 subtract 減去

ad·dition
[ə'dɪʃən]
名 加、加法

> In **addition** to milk, I love juice.
> 除了牛奶，我還喜歡果汁。

延伸學習　片 in addition to 除了……
　　　　　同 supplement 增補

add·ress
[ə'drɛs]
名 住址、致詞、講話
動 發表演說、對……說話

> This is my **address**.
> 這是我的地址

延伸學習　同 speech 演說

ad·mire
[əd'maɪr]
動 欽佩、讚賞

> I **admire** my English teacher.
> 我欽佩我的英文老師。

ad·mit
[əd'mɪt]
動 容許……進入、承認

> She never **admits** her mistakes.
> 她從不承認自己的錯誤。

延伸學習　反 forbid 禁止

adopt
[ə`dɑpt]
動 收養

> The couple **adopted** the poor boy.
> 這對夫妻收養了這個可憐的小男孩。

a·dult
[ə`dʌlt]
形 成年的、成熟的
名 成年人

> I want to be like an **adult**.
> 我想要像成年人一樣。
> 延伸學習　反 child 小孩

ad·vance
[əd`væns]
名 前進
動 使前進

> You are **advancing**.
> 你正在前進。
> 延伸學習　同 progress 前進

ad·van·tage
[əd`væntɪdʒ]
名 利益、優勢

> What's the **advantage** for me to help you?
> 我幫你有什麼好處？
> 延伸學習　同 benefit 利益

ad·ver·tise (ment)/ad
[ˌædvɚ`taɪz(mənt)]/[æd]
動 登廣告
名 廣告、宣傳

> I don't want to see the **ads** on the newpapers.
> 我不喜歡看報紙上的廣告。

ad·vice
[əd`vaɪs]
名 忠告

> Her **advice** helps me a lot.
> 她給我很多有用的忠告。
> 延伸學習　片 give an advice 給……忠告

ad·vise
[əd`vaɪz]
動 勸告

> What did he **advise** you to do?
> 他勸告你做些什麼？

af·fair
[ə`fɛr]
名 事件

> Do you know about his **affair**?
> 你知道他的事情嗎？
> 延伸學習　片 have an affair with ... 跟誰有染
> 　　　　　同 matter 事件

af·fect
[əˈfɛkt]
動 影響

▷ The typhoon **affects** the traffic a lot.
颱風大幅影響交通

延伸學習　同 influence 影響

a·fraid
[əˈfred]
形 害怕的、擔心的

▷ I am **afraid** of spiders.
我怕蜘蛛。

延伸學習　片 be afraid of ……害怕
　　　　　反 brave 勇敢的

af·ter
[ˈæftə]
形 以後的
副 以後、後來
連 在……以後
介 在……之後

▷ **After** I brush my teeth, I go to bed.
刷完牙就上床了。

延伸學習　反 before 在……之前

af·ter·noon
[ˈæftəˈnun]
名 下午

▷ I read some books in the **afternoon**.
我下午看些書。

延伸學習　反 morning 上午

a·gain
[əˈgɛn]
副 又、再

▷ Don't say that **again**.
不要再說了。

a·gainst
[əˈgɛnst]
介 反對、不同意

▷ We're **against** this project.
我們反對這計畫。

延伸學習　同 versus 對抗

age
[edʒ]
名 年齡
動 使變老

▷ What's your **age**?
你幾歲？

延伸學習　片 At the age of ... 在……歲
　　　　　同 mature 使成熟

a·go
[əˋgo]
副 以前

▷ She was fat two years **ago**.
她兩年前很胖。

延伸學習　同 since 以前

---

a·gree
[əˋgri]
動 同意、贊成

▷ I can't **agree** with you more!
我完全同意你。

延伸學習　片 agree with ... 認同某人
　　　　　反 disagree 不同意

---

a·head
[əˋhɛd]
副 向前的、在……前面

▷ Go **ahead** and you will find the forest in front.
往前走你就會看到一座森林在前面。

延伸學習　反 behind 在……後面

---

aid
[ed]
名 援助
動 援助

▷ Someone **aided** me last night.
昨晚有人援助了我。

---

aim
[em]
名 瞄準、目標
動 企圖、瞄準

▷ What's the **aim** of this paper?
這篇論文的目標是什麼？

延伸學習　同 target 目標

---

air
[ɛr]
名 空氣、氣氛

▷ The **air** pollution here is very serious.
這裡的空氣污染很嚴重。

延伸學習　片 air pollution 空氣污染
　　　　　同 atmosphere 氣氛

---

air·craft
[ˋɛrˌkræft]
名 飛機、飛行器

▷ He loves **aircraft** so much that he wants to be a pilot.
他喜歡飛機，喜歡到想當飛行員。

延伸學習　同 jet 噴射飛機

air·line
[`ɛrˌlaɪn]
名 （飛機）航線、航空公司

> Which **airline** are you going to choose for your vacation?
> 你這趟旅程要選哪家航空公司？

air·plane/plane
[`ɛrˌplen]/[plen]
名 飛機

> I am taking an **airplane** to Japan.
> 我搭飛機去日本。

air·port
[`ɛrˌport]
名 機場

> Do you know how to go to the **airport**?
> 你知道機場怎麼走嗎？

a·larm
[əˋlɑrm]
名 恐懼、警報器
動 使驚慌

> The **alarm** is ringing. What's the matter?
> 警報器在響，發生什麼事了？

al·bum
[ˋælbəm]
名 相簿、專輯

> There are lots of old photos in the **album**.
> 這本相簿裡面有很多舊照片。

a·like
[əˋlaɪk]
形 相似的、相同的
副 相似地、相同地

> My sister and I are **alike**.
> 我妹妹跟我長得很像。

延伸學習　反 different 不一樣的

a·live
[əˋlaɪv]
形 活的

> Is the man still **alive**?
> 這男人還活著嗎？

延伸學習　反 dead 死的

all
[ɔl]
形 所有的、全部的
副 全部、全然
名 全部

> **All** you have is money.
> 你不過是有錢而已。

延伸學習　同 whole 全部

al·low
[əˋlaʊ]
動 允許、准許

▶ My mother doesn't **allow** me to buy it.
我媽媽不允許我買這個。

延伸學習 同 permit 允許

al·most
[ˋɔl⋅most]
副 幾乎、差不多

▶ You are **almost** as good as he.
你幾乎要跟他一樣強了。

延伸學習 同 nearly 幾乎、差不多

a·lone
[əˋlon]
形 單獨的
副 單獨地

▶ Don't walk **alone** in the midnight.
半夜不要一個人走在路上。

延伸學習 片 stay alone 獨處

a·long
[əˋlɔŋ]
副 向前
介 沿著

▶ Walk **along** the river.
沿著河走。

延伸學習 同 forward 向前

a·loud
[əˋlaʊd]
副 高聲地、大聲地

▶ Please read it **aloud**.
請大聲唸出來。

al·phabet
[ˋælfə⋅bɛt]
名 字母、字母表

▶ A is the first **alphabet** in English.
A 是英文字母中的第一個。

al·ready
[ɔlˋrɛdɪ]
副 已經

▶ I've **already** finished my homework.
我已經寫完作業了。

延伸學習 反 yet 還（沒）

al·so
[ˋɔlso]
副 也

▶ She thinks the shoes are great and I **also** like them.
她認為那雙鞋子很棒，我也很喜歡。

延伸學習 同 too 也

al·though
[ɔlˋðo]
連 雖然、縱然

> **Although** she is fat, she is pretty.
> 雖然她很胖，但她很美。
>
> 延伸學習　同 though 雖然

al·together
[ˌɔltəˋgɛðɚ]
副 完全地、總共

> We said no **altogether**.
> 我們完全否認。
>
> 延伸學習　反 partly 部分地

al·ways
[ˋɔlwez]
副 總是

> I **always** think he's your Mr. Right.
> 我總是認為他是你的白馬王子。
>
> 延伸學習　反 seldom 不常、很少

am
[æm]
動 是

> I **am** a student.
> 我是學生。

a·mong
[əˋmʌŋ]
介 在……之中

> The butterfly flies **among** flowers.
> 蝴蝶飛在花叢之中。
>
> 延伸學習　同 amid 在……之間

a·mount
[əˋmaʊnt]
名 總數、合計
動 總計

> What's the **amount** of the goods?
> 貨物合計多少？
>
> 延伸學習　片 a great amount of 很多的
> 　　　　　同 sum 總計

ancient
[ˋenʃənt]
形 古老的、古代的

> The **ancient** people lived in a cave.
> 古老的人們住在山洞中。
>
> 延伸學習　同 antique 古老的

and
[ænd]
連 和

> You **and** I are friends.
> 你跟我是朋友。

an·gel
[ˋendʒəl]
名 天使

▷ I felt she's an **angel** in my life.
我覺得她就像是我生命中的天使一樣。

延伸學習　片 angel in the house
[貶] 賢妻良母

an·ger
[ˋæŋgɚ]
名 憤怒
動 激怒

▷ Jane screamed in **anger**.
Jane 憤怒的尖叫。

延伸學習　片 In anger 憤怒的
同 irritation 激怒

an·gry
[ˋæŋgrɪ]
形 生氣的

▷ The teacher is always **angry** at him.
老師總是對他生氣。

延伸學習　同 furious 狂怒的

an·i·mal
[ˋænəml̩]
形 動物的
名 動物

▷ I love **animals**.
我很喜歡動物。

延伸學習　同 beast 動物、野獸

an·kle
[ˋæŋkl̩]
名 腳踝

▷ I hurt my **ankle** so badly that I can't walk.
我腳踝傷得太重了，不能走路。

an·oth·er
[əˋnʌðɚ]
形 另一的、再一的
代 另一、再一

▷ Could you please give me **another** shrit?
你可以給我另外一件襯衫嗎？

an·swer
[ˋænsɚ]
名 答案、回答
動 回答、回報

▷ No one knows the **answer**.
沒人知道答案。

延伸學習　片 the answer to ... ……的答案
同 response 回答

ant
[ænt]
名 螞蟻

▷ I don't want to see an **ant** in my room.
我不希望在我房間看到一隻螞蟻。

an·y
[ˋɛnɪ]
形 任何的
代 任何一個

> Do you have **any** question?
> 你有任何問題嗎?

an·y·bod·y/
an·y·one
[ˋɛnɪˌbɑdɪ]/[ˋɛnɪˌwʌn]
代 任何人

> **Anyone** can help me?
> 任何人可以幫我嗎?

an·y·thing
[ˋɛnɪˌθɪn]
代 任何事物

> Do you want **anything** else?
> 你還需要任何東西嗎?

延伸學習 ⊔ anything else 其他東西

an·y·way
[ˋɛnɪˌwe]
副 無論如何

> **Anyway**, I don't care about him.
> 無論如何,我不在乎他。

an·y·where/
an·y·place
[ˋɛnɪˌhwɛr]/[ˋɛnɪˌples]
副 任何地方

> Do you see Diane **anywhere**?
> 你有在任何地方看到黛恩嗎?

ap·art·ment
[əˋpɑrtmənt]
名 公寓

> I live in an **apartment** in Taipei.
> 我住在台北的一間公寓。

延伸學習 同 flat 公寓

ap·pear
[əˋpɪr]
動 出現、顯得

> The ghost **appears** in the opera house!
> 有鬼出現在歌劇院!

延伸學習 反 disappear 消失

ap·pear·ance
[ə`pɪrəns]
名 出現、露面

> The **appearance** of the ghost is scary.
> 鬼魅的出現很可怕。

延伸學習 同 look 外表

ap·ple
[`æpḷ]
名 蘋果

> An **apple** a day keeps the doctor away.
> 一天一蘋果，醫生遠離我。

ap·ply
[ə`plaɪ]
動 請求、應用

> I am **applying** for this position.
> 我正在申請這職位。

延伸學習 片 apply for 申請
同 request 請求

ap·pre·ci·ate
[ə`priʃɪet]
動 欣賞、鑑賞、感激

> I **appreciate** your help.
> 我感激你的幫忙。

A·pril/Apr.
[`eprəl]
名 四月

> We have a mid-term exam in **April**.
> 我們四月有期中考。

are
[ɑr]
動 是

> They **are** my friends.
> 他們是我的朋友。

ar·e·a
[`ɛrɪə]
名 地區、領域、面積、方面

> Stay away from this **area**.
> 遠離這區域。

延伸學習 同 region 地區

ar·gue
[`ɑrgjʊ]
動 爭辯、辯論

> Don't **argue** about that.
> 別再為那件事爭辯了。

arm
[ɑrm]
名 手臂
動 武裝、備戰

> The baseball player's **arm** is strong.
> 這棒球員的手臂很壯。

arm·chair
[ˋɑrmˏtʃɛr]
名 扶椅

> My grandmother needs an **armchair** to rest.
> 我祖母要一張扶椅休息。

ar·my
[ˋɑrmɪ]
名 軍隊、陸軍

> The **army** of this country is stronger and stronger.
> 這國家的軍隊越來越強壯了。

延伸學習　同 military 軍隊

a·round
[əˋraʊnd]
副 大約、在周圍
介 在……周圍

> **Around** the corner, you will see the shop.
> 在轉角你就會看到這家商店。

ar·range
[əˋrendʒ]
動 安排、籌備

> My mother always **arranges** everything for me.
> 我媽媽總是幫我安排好所有事情。

ar·rest
[əˋrɛst]
動 逮捕、拘捕
名 阻止、扣留

> The police **arrested** the criminal.
> 警方逮捕嫌犯。

延伸學習　反 release 釋放

ar·rive
[əˋraɪv]
動 到達、來臨

> We are **arriving** in Amsterdam.
> 我們快要抵達阿姆斯特丹。

延伸學習　反 leave 離開

art
[ɑrt]
名 藝術

> You can find the beauty of life in **art**.
> 你可以在藝術中尋找人生的美好。

ar·ti·cle/es·say
[ˈɑrtɪkḷ]/[ˈɛse]
名 文章、論文

> The **article** influenced many people.
> 這篇文章影響很多人。

art·ist
[ˈɑrtɪst]
名 藝術家、大師

> He is not only a poet but also an **artist**.
> 他不只是個詩人還是個藝術家。

as
[æz]
副 像……一樣、如同
連 當……時候
介 作為
代 與……相同的人事物

> Jean is **as** pretty as her mother.
> 吉恩跟她媽媽一樣漂亮。
>
> 延伸學習 片 as ... as ... 像……一樣……

ask
[æsk]
動 問、要求

> May I **ask** you a question?
> 我可以問你一個問題嗎？
>
> 延伸學習 同 question 問

a·sleep
[əˈslip]
形 睡著的

> The boy falls **asleep**.
> 那男孩睡著了。
>
> 延伸學習 反 awake 醒著的

as·sis·tant
[əˈsɪstənt]
名 助手、助理

> My **asistant** will help you.
> 我的助手會幫你。
>
> 延伸學習 同 aid 助手

at
[æt]
介 在

> I will meet you **at** the park.
> 我將在公園跟你碰面。

at·tack
[əˈtæk]
動 攻擊
名 攻擊

> The terrorists usually **attack** the tourist spot.
> 恐怖分子總是攻擊知名觀光景點。
>
> 延伸學習 同 assault 攻擊

at·tend
[ə'tɛnd]
動 出席

> Will you **attend** the meeting?
> 你會出席會議嗎?

at·ten·tion
[ə'tɛnʃən]
名 注意、專心

> The film drew my **attention**.
> 這影片抓住我的注意力。

延伸學習　片 pay attention to 注意
　　　　　同 concern 注意

au·di·ence
['ɔdɪəns]
名 聽眾

> The **audience** will be touched by
> your story.
> 你的聽眾會被你的故事感動到。

延伸學習　同 spectator 觀眾

Au·gust/Aug.
['ɔgʌst]
名 八月

> I will finish this work in the end of
> **August**.
> 我會在八月底完成這項工作。

**aunt/aunt·ie/
aunt·y**
[ænt]/['æntɪ]/['æntɪ]
名 伯母、姑、嬸、姨

> I met my **aunt** this morning.
> 今天早上我遇到我阿姨。

au·tumn/fall
['ɔtəm]
名 秋季、秋天

> **Autumn** is my favorite season.
> 秋天是我最喜歡的季節。

a·vail·a·ble
[ə'veləbl̩]
形 可利用的、可取得的

> When will this computer be
> **available**?
> 這台電腦何時才能用?

a·void
[ə'vɔɪd]
動 避開、避免

> You should **avoid** the mistakes.
> 你應該要避免這些錯誤。

延伸學習　反 face 面對

a·ware
[əˋwɛr]
形 注意到的、覺察的

> Are you **aware** that the lions are around you?
> 你注意到獅子在你附近嗎？

a·way
[əˋwe]
副 遠離、離開

> Stay **away** from this man.
> 遠離這男人。
>
> 延伸學習　片 stay away 遠離

 **Bb** ········

ba·by
[ˋbebɪ]
形 嬰兒的
名 嬰兒

> My sister is going to have a **baby**.
> 我姊姊要生小孩了。
>
> 延伸學習　片 have a baby 生小孩
> 　　　　　　同 infant 嬰兒

back
[bæk]
形 後面的
副 向後地
名 後背、背脊
動 後退

> I have my **back** pain.
> 我的背好痛。
>
> 延伸學習　反 front 前面、正面

back·ward
[ˋbækwəd]
形 向後方的、面對後方的

> The living condition of the old man goes **backward**.
> 那老人的生活狀況不如往昔。
>
> 延伸學習　反 forward 向前方的

bad
[bæd]
形 壞的

> My son is not a **bad** boy.
> 我兒子不是壞。
>
> 延伸學習　片 be bad at... 很不會⋯⋯
> 　　　　　　反 good 好的

bad·min·ton
['bædmɪntən]
名 羽毛球

> Could you teach me how to play **badminton**?
> 你可以教我如何打羽毛球嗎？

bag
[bæg]
名 袋子
動 把……裝入袋中

> There is no space in my **bag**.
> 我包包沒有空間了。

延伸學習　同 pocket 口袋

bake
[bek]
動 烘、烤

> I will **bake** the cake for your birthday.
> 你生日的時候我會烤蛋糕給你。

延伸學習　同 toast 烘、烤

bak·er·y
['bekərɪ]
名 麵包坊、麵包店

> Let's buy some bread in the **bakery**.
> 我們去麵包店買一點麵包吧。

bal·co·ny
['bælkənɪ]
名 陽臺

> You can see the view from the **balcony**.
> 你可以從陽臺看到這景色。

延伸學習　同 porch 陽臺

ball
[bɔl]
名 舞會、球

> Margret went into the **ball**.
> 瑪格特走進舞會。

延伸學習　同 sphere 球

bal·loon
[bə'lun]
名 氣球
動 如氣球般膨脹

> Give the **balloon** to the girl.
> 把氣球給那女孩。

ba·nan·a
[bə'nænə]
名 香蕉

> **Bananas** are Kevin's favorite fruit.
> 香蕉是凱文最喜歡的水果。

band
[bænd]
名 帶子、隊、樂隊
動 聯合、結合

> The Beatles is my father's favorite **band**.
> 披頭四是我爸爸最喜歡的樂團。
> 延伸學習　同 tie 帶子

bank
[bæŋk]
名 銀行、堤、岸

> I need to go to the **bank**.
> 我要去銀行。

bank·er
[`bæŋkɚ]
名 銀行家

> To be a **banker**, you must know more about finance.
> 要當一名銀行家，你必須要懂財務。

bar
[bɑr]
名 條、棒、橫木、酒吧
動 禁止、阻撓

> We went to the **bar** every day.
> 我們每天都去酒吧。
> 延伸學習　同 block 阻擋、限制

bar·be·cue/BBQ
[`bɑrbɪkju]
名 烤肉
同 roast 烤肉

> We usually have a **barbecue** on Moon Festival.
> 我們中秋節通常會烤肉。

bar·ber
[`bɑrbɚ]
名 理髮師

> Angela is the best **barber** I've ever met!
> 安琪拉是最好的理髮師了！
> 延伸學習　同 hairdresser 美髮師

bark
[bɑrk]
動 （狗）吠叫
名 吠聲

> I am scared by the dog's **bark**.
> 我被狗叫聲嚇到了。
> 延伸學習　同 roar 吼叫（獅子）

base
[bes]
名 基底、壘
動 以……作基礎

> You may write your name under the **base** of the cake.
> 你可以在這個蛋糕的底座下寫你的名字。
> 延伸學習 同 bottom 底部

base·ball
[ˋbesˌbɔl]
名 棒球

> I watch **baseball** game very often.
> 我很常看棒球比賽。

base·ment
[ˋbesmənt]
名 地下室、地窖

> I put it in the **basement**.
> 我把它放在地下室。
> 延伸學習 同 cellar 地窖

bas·ic
[ˋbesɪk]
名 基本、要素
形 基本的

> This is a **basic** question.
> 這是很基本的問題。
> 延伸學習 同 essential 基本的

ba·sis
[ˋbesɪs]
名 根據、基礎

> Lisa's decision is made on the **basis** of this document.
> 麗莎根據這份文件做了決定。
> 延伸學習 同 bottom 底部
> 名詞複數 bases

bas·ket
[ˋbæskɪt]
名 籃子、籃網、得分

> You need to bring the **basket** to hold the apples.
> 你需要帶個籃子去採蘋果。

bas·ket·ball
[ˋbæskɪtˌbɔl]
名 籃球

> I want to be a **basketball** player in the future.
> 我想要當籃球員。

bat
[bæt]
名 蝙蝠、球棒

> There are a lot of **bats** in the cave.
> 山洞中有很多的蝙蝠。

bath
[bæθ]
名 洗澡
動 給……洗澡

▷ I want to take a **bath** to relax.
我想泡澡放鬆。

延伸學習　㊙ take a bath 泡澡

bath·room
[`bæθ͵rum]
名 浴室

▷ I will go to the **bathroom** to take a shower.
我去浴室洗澡。

be
[bi]
動 是、存在

▷ **Be** nice to your parents.
對你爸媽好一點。

beach
[bitʃ]
名 海灘
動 拖（船）上岸

▷ I will go to the **beach** to see the sunset.
我要去海邊看日落。

延伸學習　㊐ strand 海濱

bean
[bin]
名 豆子、沒有價值的東西

▷ Tofu is made from soy **beans**.
豆腐是由黃豆製成的。

延伸學習　㊐ straw 沒有價值的東西

bear
[bɛr]
名 熊
動 忍受

▷ I can't **bear** your bad temper.
我無法忍受你的壞脾氣。

延伸學習　㊐ endure 忍受

beard
[bɪrd]
名 鬍子

▷ The man with **beard** is mysterious.
那個有鬍子的男人好神祕。

beat
[bit]
名 打、敲打聲、拍子
動 打敗、連續打擊、跳動

▷ Her husband **beats** her.
他丈夫打她。

延伸學習　㊐ hit 打

beau·ti·ful
[ˈbjutəfəl]
形 美麗的、漂亮的

It was a **beautiful** night.
這是個美麗的夜晚。
延伸學習　反 ugly 醜陋的

be·cause
[bɪˈkɔz]
連 因為

Because of the typhoon, we canceled the trip.
因為颱風，我們取消了行程。
延伸學習　片 because of ... 因為……
　　　　　同 for 為了

be·come
[bɪˈkʌm]
動 變得、變成

She **becomes** prettier than before.
她變得更漂亮了。

bed
[bɛd]
名 床
動 睡、臥

I go to **bed** and rise early to have good health.
我早睡早起身體好。
延伸學習　片 go to bed 上床睡覺

bed·room
[ˈbɛdˌrum]
名 臥房

Where is your **bedroom**?
你的房間在哪裡？

bee
[bi]
名 蜜蜂

There are so many **bees** in the flowers.
花叢裡有很多蜜蜂。

beef
[bif]
名 牛肉

He loves to eat **beef**.
他喜歡吃牛肉。

beer
[bɪr]
名 啤酒

The **beer** in Germany is famous.
德國啤酒很有名。
延伸學習　同 bitter 苦

be·fore
[bɪ`for]
副 以前
介 早於、在……以前
連 在……以前

> **Before** I go to bed, I brush my teeth.
> 我在睡前刷牙。

延伸學習　反 after 在……之後

be·gin
[bɪ`gɪn]
動 開始、著手

> I **begin** to think about my future in my college years.
> 在我大學期間，我開始想我的未來了。

延伸學習　反 finish 結束、完成

be·gin·ner
[bɪ`gɪnɚ]
名 初學者

> Don't blame him. He is just a **beginner**.
> 不要太苛責他。他只是個初學者。

延伸學習　同 freshman 新手

be·have
[bɪ`hev]
動 行動、舉止

> I feel he **behaves** weirdly today.
> 我覺得他今天舉止很奇怪。

延伸學習　同 act 行動

be·hind
[bɪ`haɪnd]
副 在後、在原處
介 在……之後

> There is a lion **behind** me!
> 我後面有一隻獅子。

延伸學習　反 ahead 在前

be·lief
[bɪ`lif]
名 相信、信念

> It is my **belief** that what goes around comes around.
> 善有善報是我的信念。

延伸學習　同 faith 信念

be·lieve
[bɪ`liv]
動 認為、相信

> I **believe** she can sing beautifully like an angel.
> 我相信她能唱的如同天使一般美妙。

延伸學習　同 trust 信賴

bell
[bɛl]
名 鐘、鈴

> The **bell** rang and everyone ran to their classrooms.
> 聽到鐘聲大家都跑回教室裡。

延伸學習　同 ring 鈴聲、鐘聲

be·long
[bəˋlɔŋ]
動 屬於

> I am not **belonged** to anyone.
> 我不屬於任何人。

延伸學習　句 belonged to sb. 屬於……

be·low
[bəˋlo]
介 在……下面、比……低
副 在下方、往下

> **Below** the tree, there are so many beautiful flowers.
> 在樹的下面有好多漂亮的花朵。

延伸學習　同 under 在……下面

belt
[bɛlt]
名 皮帶
動 圍繞

> The **belt** will make you in trend.
> 這條皮帶會讓你更有型。

延伸學習　同 strap 皮帶

bench
[bɛntʃ]
名 長凳

> The old man sat on the **bench** in the park all day long.
> 這個老人家整天都坐在公園的長凳。

延伸學習　同 settle 長椅

be·side
[brˋsaɪd]
介 在……旁邊

> Her husband stands **beside** her.
> 她丈夫站在她身邊。

延伸學習　同 by 在……旁邊

be·sides
[brˋsaɪdz]
介 除了……之外
副 並且

> **Besides**, I like oranges.
> 此外，我還喜歡柳橙。

延伸學習　同 otherwise 除此之外

best
[bɛst]
形 最好的
副 最好地

> Vivian is my **best** friend.
> 薇薇安是我最好的朋友。
>
> 延伸學習　反 worst 最壞的

bet·ter
[ˋbɛtɚ]
形 較好的、更好的
副 更好地

> You will find a **better** woman.
> 你會找到更好的女人。
>
> 延伸學習　反 worse 更壞的

be·tween
[bɪˋtwin]
副 在中間
介 在……之間

> I slept **between** my parents.
> 我以前睡在爸媽中間。

be·yond
[bɪˋjɑnd]
介 在遠處、超過
副 此外

> There is a river **beyond** the hill.
> 在這座山丘的遠處有條小溪。
>
> 延伸學習　反 within 不超過

bi·cy·cle/bike
[ˋbaɪsɪkl]/[baɪk]
名 自行車

> Everyone in Amsterdam rides a **bike**.
> 在荷蘭，大家都騎腳踏車上班。
>
> 延伸學習　片 ride a bike 騎腳踏車
> 　　　　　同 cycle 腳踏車

big
[bɪg]
形 大的

> This shirt is too **big**.
> 這件襯衫太大了。
>
> 延伸學習　反 little 小的

bill
[bɪl]
名 帳單

> Who will pay for the **bill**?
> 誰要付帳？
>
> 延伸學習　同 check 帳單

單字技巧練習題 📖

學單字要有技巧，完成以下單字大題吧。

`

A. 前後文線索記單字：看看空格前後文，把最符合句意的單字填進空格。

act, arrive, alone, ancient, bedroom

1. Tim is quiet when he is _____ . He says nothing and reads picture books quietly.

2. Sandy _____ home very late. It's already midnight and her family fell asleep already

3. Tina hopes that she can visit _____ castles one day. There are old paintings inside the castle.

4. Jim's _____ is clean. You'll never see dirty socks or clothes on the floor.

5. Stop _____ like a fool. Don't do stupid things again.

B. 分類法記單字：把與主題相關的詞彙填入正確的框裡。

ant, animal, apartment, arrive, answer, banker, apple

生物	動作	非生物

第2階段 BC

單字練習題：反義字記單字、前後文線索記單字

第 2 階段 音檔雲端連結

因各家手機系統不同，若無法直接掃描，仍可以至以下電腦雲端連結下載收聽。
（https://tinyurl.com/4w8fm8eh）

Bb ....

bite
[baɪt]
名 咬、一口
動 咬

▶ The dog once **bit** me.
這隻狗曾經咬了我。

延伸學習 同 chew 咬

bit·ter
[ˋbɪtɚ]
形 苦的、嚴厲的

▶ It's **bitter** to grow up.
長大是很苦澀的。

延伸學習 反 sweet 甜的

black
[blæk]
形 黑色的
名 黑人、黑色
動 （使）變黑

▶ Some **black** men are good at basketball.
有些黑人很會打籃球。

延伸學習 反 white 白色

black·board
[ˋblækˏbord]
名 黑板

▶ The teacher writes down the words onthe **blackboard**.
老師在黑板上寫下字。

blame
[blem]
動 責備

▶ My mother always **blames** me for wasting money.
我媽總是責備我亂花錢。

延伸學習 同 accuse

blank
[blæŋk]
形 空白的
名 空白

▶ I need a **blank** paper.
我需要一張白紙。

延伸學習 同 empty 空的

blan·ket
[ˋblæŋkɪt]
名 氈、毛毯

▶ She asked for a **blanket** on the plane.
她在機上要了毛毯。

blind
[blaɪnd]
形 瞎的

> The **blind** girl can play the piano well.
> 那個瞎掉的女孩很會彈鋼琴。

延伸學習 片 Love is blind. 愛情是盲目的。

block
[blɑk]
名 街區、木塊、石塊
動 阻塞

> My house is two **blocks** away from here.
> 我家就在兩個街區之外。

延伸學習 反 advance 前進

blood
[blʌd]
名 血液、血統

> Your brother and you have the same **blood**.
> 你跟你哥哥流著一樣的血。

延伸學習 關連字 bloody 形 流血的

blouse
[blaʊs]
名 短衫

> The woman in the **blouse** is my advisor.
> 穿著短衫的女人是我的指導老師。

blow
[blo]
名 吹、打擊
動 吹、風吹

> She **blows** a balloon for the kids.
> 她吹一個氣球給孩子們。

延伸學習 同 breeze 吹著微風

blue
[blu]
形 藍色的、憂鬱的
名 藍色

> The sky is so **blue** today.
> 天空好藍喔！

延伸學習 片 Monday blue 藍色憂鬱星期一

board
[bord]
名 板、佈告欄

> We use the **board** to make the door.
> 我們用木板做門。

延伸學習 同 wood 木板

boat
[bot]
名 船
動 划船

> We row the **boat**.
> 我們划船。
>
> 延伸學習　片 in the same boat 同舟共濟
> 　　　　　同 ship 船

bo·dy
[`badɪ]
名 身體

> The health of **body** and mind is both important.
> 身心健康都很重要。
>
> 延伸學習　片 body shape 體型
> 　　　　　反 soul 靈魂

boil
[bɔɪl]
動 （水）沸騰、使發怒
名 煮

> **Boil** the water before you drink it.
> 在喝水之前先把水煮沸。
>
> 延伸學習　同 rage 發怒

bomb
[bɑm]
名 炸彈
動 轟炸

> The **bomb** is threatening for everyone.
> 炸彈威脅大家的安全。

bone
[bon]
名 骨

> The dog loves the **bone** so much.
> 那隻狗很愛骨頭。
>
> 延伸學習　同 skeleton 骨骼

book
[bʊk]
名 書
動 登記、預訂

> My favorite **book** is Jane Eyre.
> 我最喜歡的書是《簡愛》。
>
> 延伸學習　同 reserve 預訂

book·case
[`bʊkˏkes]
名 書櫃、書架

> My **bookcase** has been full.
> 我的書櫃滿了。

bor·row
[`baro]
動 借來、採用

> I **borrow** the car from my brother.
> 我跟我哥哥借車。
>
> 延伸學習　反 loan 借出

boss
[bɔs]
名 老闆、主人
動 指揮、監督

▶ My **boss** assigned me this project.
老闆指定我完成這項計畫。

延伸學習 同 manager 負責人、經理

both
[boθ]
形 兩、雙
代 兩者、雙方
連 既……又……

▶ **Both** of our parents like him.
我父母雙親都很喜歡他。

延伸學習 反 neither 兩者都不

both·er
[ˋbɑðɚ]
動 打擾

▶ Don't **bother** me. I am busy now.
我現在很忙,不要打擾我。

延伸學習 同 annoy 打擾

bot·tle
[ˋbɑtḷ]
名 瓶
動 用瓶裝

▶ I drank a **bottle** of water every day.
我每天喝一瓶水。

延伸學習 同 container

bot·tom
[ˋbɑtəm]
名 底部、臀部
形 底部的

▶ An ant is at the **bottom** of the cup.
杯子的底部有一隻螞蟻。

延伸學習 反 top 頂部

bow
[baʊ]
名 彎腰、鞠躬
動 向下彎

▶ In Japan, it's common to greet people with a **bow**.
在日本,人們很常鞠躬問候他人。

bowl
[bol]
名 碗
動 滾動

▶ I need a **bowl** for the soup.
我需要一個碗裝湯。

bowl·ing
[`bolɪŋ]
名 保齡球

> We love playing **bowling** in the weekend.
> 我們喜歡週末打保齡球。

box
[bɑks]
名 盒子、箱
動 把……裝入盒中、裝箱

> We need some more **boxes**.
> 我們需要一些箱子。
> 延伸學習 　同 container 容器

boy
[bɔɪ]
名 男孩

> You used to be a good **boy**.
> 你以前是個好男孩。
> 延伸學習 　反 girl 女孩

brain
[bren]
名 腦、智力

> **Brain** is important for this job.
> 做這份工作，腦袋很重要。
> 延伸學習 　關連字 brainwash 動 對……洗腦
> 　　　　　　同 intelligence 智力

branch
[bræntʃ]
名 枝狀物、分店、分公司
動 分支

> There are many **branches** of our company around the world.
> 我們公司的分店遍及全世界。
> 延伸學習 　反 trunk 樹幹

brave
[brev]
形 勇敢的

> He told me to be **brave**.
> 他告訴我要勇敢。
> 延伸學習 　同 valiant 勇敢的

bread
[brɛd]
名 麵包

> I bought some **bread** for breakfast.
> 我買一些麵包當早餐。

break
[brek]
名 休息、中斷、破裂
動 打破、弄破、弄壞

> Let's take a short **break**.
> 我們下課休息一下吧。
> 延伸學習 　片 take a break 下課
> 　　　　　　反 repair 修補

break·fast
[ˋbrɛkfəst]
名 早餐

▷ I eat **breakfast** every morning.
我每天早上都會吃早餐。

延伸學習　片 have breakfast 吃早餐
　　　　　反 dinner 晚餐

brick
[brɪk]
名 磚頭、磚塊

▷ We built the house with **bricks**.
我們用磚頭蓋房子。

bridge
[brɪdʒ]
名 橋

▷ London **Bridge** is falling down.
倫敦橋正要倒塌下來。

brief
[brif]
形 短暫的
名 摘要、短文

▷ I will make a **brief** introduction.
我將會做個簡短的介紹。

延伸學習　片 in brief 簡而言之
　　　　　反 long 長的

bright
[braɪt]
形 明亮的、開朗的

▷ It's a **bright** room.
這個房間很明亮。

延伸學習　同 light 明亮的

bring
[brɪŋ]
動 帶來

▷ Could you **bring** me home?
你可以帶我回家？

延伸學習　同 carry 攜帶

broad
[brɔd]
形 寬闊的

▷ The house is **broad**.
這房間很寬廣。

延伸學習　反 narrow 窄的

broth·er
[ˋbrʌðɚ]
名 兄弟

▷ He's my **brother**.
他是我哥哥。

延伸學習　反 sister 姊妹

brown
[braʊn]
形 褐色的、棕色的
名 褐色、棕色

> You have **brown** hair.
> 你有褐色的頭髮。

brunch
[brʌntʃ]
名 早午餐

> My wife made a **brunch** for me this morning.
> 我太太今天早上做了早午餐給我。

brush
[brʌʃ]
名 刷子
動 刷、擦掉

> **Brush** your teeth.
> 去刷牙。
> 延伸學習　同 wipe 擦去

buck·et/pail
[ˋbʌkɪt]/[pel]
名 水桶、提桶

> The **bucket** is filled wlth wine.
> 這桶子裡裝滿了紅酒。

buf·fet
[ˋbʌfɪt]
名 自助餐

> We are full because we ate a lot ln the **buffet** this morning.
> 我們很飽，因為我們早上在自助餐吃很多。

bug
[bʌg]
名 小蟲、毛病

> There is a **bug** in my soup.
> 在我的湯裡面有一隻小蟲。
> 延伸學習　同 insect 昆蟲

build
[bɪld]
動 建立、建築

> You need some bricks to **build** a house.
> 你需要一些磚塊蓋房子。
> 延伸學習　同 construct 建造

build·ing
[ˋbɪldɪŋ]
名 建築物

> Taipei 101 used to be the highest **building** in the world.
> 台北 101 曾是世界上最高的建築。

bun/roll
[bʌn]/[rol]
名 小圓麵包、麵包捲

▷ Would you like to have some **buns** before the meal?
你需要餐前麵包嗎？

延伸學習 同 roll 麵包捲

bun·dle
[`bʌndl̩]
名 捆、包裹

▷ I need a **bundle** of rope.
我需要一捆的線。

延伸學習 同 package 包裹

burn
[bɜn]
動 燃燒
名 烙印

▷ What's **burning**?
什麼在燃燒？

延伸學習 片 burn the midnight oil 熬夜
同 fire 燃燒

burst
[bɜst]
動 破裂、爆炸
名 猝發、爆發

▷ I **burst** out laughing when I heard the joke.
當我聽到笑話時，我爆笑出來。

延伸學習 片 burst out crying 爆哭
同 explode 爆炸

bus
[bʌs]
名 公車

▷ I go to school by **bus** every day.
我每天早上搭公車上學。

busi·ness
[`bɪznɪs]
名 商業、買賣

▷ I studied a lot about **business** in my college.
我大學期間讀了很多商業類的資訊。

延伸學習 關連字 businessman 名 商人
同 commerce 商業

bus·y
[`bɪzɪ]
形 忙的、繁忙的

▷ I have been **busy** recently.
我最近很忙。

延伸學習 反 free 空閒的

but
[bʌt]
副 僅僅、只
連 但是
介 除了……以外

▷ I want nobody **but** you.
我只要你。

延伸學習　同 however 可是、然而

but·ter
[ˋbʌtɚ]
名 奶油

▷ I need some **butter** for the toast.
我需要奶油配吐司。

but·ter·fly
[ˋbʌtɚˏflaɪ]
名 蝴蝶

▷ There are so many **butterflies** in the garden.
花園中有很多的蝴蝶。

but·ton
[ˋbʌtn̩]
名 扣子
動 用扣子扣住

▷ I am sewing the **button** of my coat.
我在縫大衣的扣子。

延伸學習　同 clasp 扣住

buy
[baɪ]
名 購買、買
動 買

▷ Let's **buy** some pizza for the party.
我們買一些派對要吃的披薩吧！

延伸學習　同 purchase 買

by
[baɪ]
介 被、藉由、在……之前、
　在……旁邊

▷ I was hit **by** the man.
我被這男人打了。

Cc ········

cab·bage
[ˈkæbɪdʒ]
名 包心菜

▷ I don't like to eat **cabbage**.
我不喜歡吃包心菜。

ca·ble
[ˈkebl̩]
名 纜繩、電纜

▷ I am looking for my **cable** to charge my phone.
我在找我的電線要幫我手機充電。

延伸學習 同 wire 電線

caf·e·te·ri·a
[ˌkæfəˈtɪrɪə]
名 自助餐館

▷ I am going to the **cafeteria** for dinner.
我要去自助餐廳吃晚餐。

延伸學習 同 restaurant 餐廳

cage
[kedʒ]
名 籠子、獸籠、鳥籠
動 關入籠中

▷ I bought a **cage** for the bird.
我買了個鳥籠給小鳥。

cake
[kek]
名 蛋糕

▷ I love to eat **cake**.
我喜歡吃蛋糕。

延伸學習 句 It's a piece of cake. 這很簡單。

cal·en·dar
[ˈkæləndɚ]
名 日曆

▷ I have marked your birthday on my **calendar**.
我在我的日曆上記下你的生日了。

call
[kɔl]
名 呼叫、打電話
動 呼叫、打電話

▷ Please **call** me.
請打電話給我。

calm
[kɑm]
形 平靜的
名 平靜
動 使平靜

> Stay **calm** so that you can make a decision.
> 保持冷靜才能做決定。

延伸學習　片 Calm down. 冷靜下來。
　　　　　　同 peaceful 平靜的

ca·me·ra
[ˋkæmərə]
名 照相機

> I took a picture with a **camera**.
> 我用相機拍照。

camp
[kæmp]
名 露營
動 露營、紮營

> We will go **camping** next week.
> 我們下周要去露營。

延伸學習　片 go campIng 露營

cam·pus
[ˋkæmpəs]
名 校區、校園

> There are some dogs in the **campus**.
> 這校園內有幾隻狗。

can
[kæn]
動 裝罐
助 能、可以
名 罐頭

> I believe I **can** dance like a ballet dancer.
> 我相信我可以跳得如同一位芭蕾舞者。

can·cel
[ˋkænsl̩]
動 取消

> I will **cancel** our meeting.
> 我會取消我們的約會。

延伸學習　同 erase 清除

can·cer
[ˋkænsɚ]
名 癌、腫瘤

> My grandfather died of a **cancer**.
> 我祖父死於癌症。

can·dle
[ˋkænd!]
名 蠟燭、燭光

▷ We lit the **candle** at night.
我們晚上點燃蠟燭。

延伸學習　同 torch 光芒

can·dy/sweet
[ˋkændɪ]/[swit]
名 糖果

▷ My mother bought me **candy**.
我媽媽買糖果給我。

延伸學習　同 sugar 糖

cap
[kæp]
名 帽子、蓋子
動 給……戴帽、覆蓋
　　於……的頂端

▷ A **cap** would be a nice gift for him.
帽子會是給他的一項很棒的禮物。

延伸學習　同 hat 帽子

cap·tain
[ˋkæptɪn]
名 船長、艦長

▷ The **captain** asked us to stay calm.
船長要求我們保持冷靜。

延伸學習　同 chief 首領、長官

car
[kɑr]
名 汽車

▷ My brother bought a **car** for his work.
我哥哥為了工作買了一台車。

card
[kɑrd]
名 卡片

▷ I wrote a **card** for my mother.
我寫了張卡片給我媽媽。

care
[kɛr]
名 小心、照料、憂慮
動 關心、照顧、喜愛、介意

▷ My girlfriend takes **care** of the dogs.
我女朋友總是照顧狗。

延伸學習　片 take care 照顧
　　　　　同 concern 使關心

care·ful
[ˋkɛrfəl]
形 小心的、仔細的

▷ Be **careful**.
小心點。

延伸學習　同 cautious 十分小心的

car·pet
[ˈkɑrpɪt]
名 地毯
動 鋪地毯

▶ Children love that story about a flying **carpet**.
孩子們喜歡那個關於飛毯的故事。
延伸學習 同 mat 地蓆

car·rot
[ˈkærət]
名 胡蘿蔔

▶ We feed the rabbit some **carrots**.
我們餵兔子吃紅蘿蔔。

car·ry
[ˈkærɪ]
動 攜帶、搬運、拿

▶ I will **carry** some gifts.
我會帶些禮物。
延伸學習 同 take 拿、取

car·toon
[kɑrˈtun]
名 卡通

▶ Many kids love the Japanese **cartoon** of Pikachu.
很多小孩喜歡皮卡丘的日本卡通。

case
[kes]
名 情形、情況、箱、案例

▶ This **case** is so tough.
這案子太棘手。
延伸學習 片 Just in case 只是以防萬一
同 condition 情況

cash
[kæʃ]
名 現金
動 付現

▶ Would you like to pay in **cash**?
你要付現嗎？
延伸學習 同 currency 貨幣

cas·sette
[kæˈsɛt]
名 卡帶、盒子

▶ Many children nowadays have never seen **cassettes**.
現在很多小孩都沒看過卡帶了。

cast·le
[ˈkæsl̩]
名 城堡

▶ I like to visit **castles** in Europe.
我喜歡去歐洲參觀城堡。
延伸學習 同 palace 皇宮

cat
[kæt]
名 貓、貓科動物

I want to keep a **cat** as a pet.
我想要養貓當寵物。

延伸學習　片 It rains cats and dogs. 下大雨了。
　　　　　同 kitten 小貓

catch
[kætʃ]
名 捕捉、捕獲物
動 抓住、趕上

Catch the ball.
接住球。

延伸學習　同 capture 捕獲

cause
[kɔz]
動 引起
名 原因

It is the pressure that **causes** his illness.
是壓力讓他生病的。

延伸學習　同 make 引起、產生

ceil·ing
[`silɪŋ]
名 天花板

A **ceiling** light is not working.
天花板的燈故障了。

延伸學習　反 floor 地板

cel·e·brate
[`sɛlə‚bret]
動 慶祝、慶賀

Let's **celebrate**!
我們來慶祝吧！

cell
[sɛl]
名 細胞

The **cells** of her skin are hurt.
她皮膚細胞受到傷害。

cent
[sɛnt]
名 分（貨幣單位）

This stamp costs me 1 dollar and nine **cents**.
這郵票花了我一元九分錢。

cen·ter
[`sɛntɚ]
名 中心、中央

A nice hotel is near the **center** of New York city.
有家靠近紐約市中心的旅館還不錯。

延伸學習　反 edge 邊緣

cen·ti·me·ter
['sɛntə,mitə]
名 公分、釐米

> The length of the table is 100 **centimeters**.
> 這桌子的長度是一百公分。

cen·tral
['sɛntrəl]
形 中央的

> I live near the **central** station.
> 我住在中央車站附近。

cen·tu·ry
['sɛntʃərɪ]
名 世紀

> Many things have changed with the coming of a new **century**.
> 隨著新的世紀的來臨，有很多東西都變了。

ce·re·al
['sɪrɪəl]
名 穀類作物

> I eat **cereal** every morning.
> 我每天早上都吃麥片穀物。

cer·tain
['sɜtən]
形 一定的
代 某幾個、某些

> May is **certain** to pass the exam.
> 梅一定會通過考試。
>
> 延伸學習　反 doubtful 不明確的

chair
[tʃɛr]
名 椅子、主席席位

> Please sit on the **chair**.
> 請坐在這張椅子上。
>
> 延伸學習　同 seat 座位

chalk
[tʃɔk]
名 粉筆

> The teacher writes down the word with **chalk**.
> 那老師用粉筆寫下這個字。

chance
[tʃæns]
名 機會、意外

> Give me a **chance** to love you.
> 給我一個機會愛你。
>
> 延伸學習　片 give me a chance 給我一個機會
> 同 opportunity 機會

change
[tʃendʒ]
動 改變、兌換
名 零錢、變化

> Nothing lasts but **changes**.
> 只有改變是不會變的。

延伸學習　片 change one's mind 改變心意
　　　　　　同 coin 硬幣

chan·nel
[`tʃænl]
名 通道、頻道
動 傳輸

> It's not the **channel** I am looking for.
> 這不是我在看的頻道。

chap·ter
[`tʃæptɚ]
名 章、章節

> What can you learn from the **chapter**?
> 你可以從這個章節中得知什麼呢？

char·ac·ter
[`kærɪktɚ]
名 個性、角色

> She is my favorite **character** in the movie.
> 她是我在這部電影中最喜歡的角色。

charge
[tʃɑrdʒ]
動 索價、命令
名 費用、職責

> The **charge** is too high.
> 這要價太高了。

延伸學習　同 rate 費用

chart
[tʃɑrt]
名 圖表
動 製成圖表

> I am making a **chart**.
> 我正在做表格。

延伸學習　同 diagram 圖表

chase
[tʃes]
名 追求、追逐
動 追捕、追逐

> The dog is **chasing** its tail.
> 這隻狗在追牠的尾巴。

延伸學習　同 follow 追逐

cheap
[tʃip]
形 低價的、易取得的
副 低價地

> The dress is **cheap**.
> 這件裙子很便宜。

延伸學習　反 expensive 昂貴的

cheat
[tʃit]
動 欺騙
名 詐欺、騙子

> Don't **cheat** on me.
> 不要欺騙我。

延伸學習　同 liar 騙子

check
[tʃɛk]
名 檢查、支票
動 檢查、核對

> You'd better **check**.
> 你最好檢查一下。

延伸學習　片 check-in 入住登記

cheer
[tʃɪr]
名 歡呼
動 喝采、振奮

> **Cheer** up, my dear.
> 親愛的，振作點。

延伸學習　片 cheer (sb.) up
　　　　　　使（某人）高興起來

cheese
[tʃiz]
名 乾酪、乳酪

> I need a **cheese** burger.
> 我要一個起司堡。

chem·i·cal
[ˈkɛmɪkl]
形 化學的
名 化學

> The **chemical** change is amazing!
> 這化學變化太神奇了。

chess
[tʃɛs]
名 西洋棋

> I don't like to play **chess**.
> 我不喜歡下西洋棋。

chick·en
[ˈtʃɪkɪn]
名 雞、雞肉

> My mother cooks **chicken** soup.
> 我媽媽燉雞湯。

chief
[tʃif]
形 主要的、首席的
名 首領

> The **chief** announced the decision.
> 當主席宣告決定。
> 延伸學習 同 leader 首領

child
[tʃaɪld]
名 小孩

> The **child** learns to walk step by step.
> 那小孩一步一步的學走路。
> 延伸學習 同 kid 小孩

child·hood
[ˈtʃaɪldˌhʊd]
名 童年、幼年時代

> Some people would wish to stay in the **childhood**.
> 有些人會希望能停留在童年時期。

child·ish
[ˈtʃaɪdɪʃ]
形 孩子氣的

> You are too **childish** to understand this.
> 你太孩子氣了，無法理解這件事。
> 延伸學習 同 naive 天真的

child·like
[ˈtʃaɪldˌlaɪk]
形 純真的

> Lily has **childlike** quality.
> 莉莉有著孩子般純真的氣質。
> 延伸學習 反 mature 成熟的

chin
[tʃin]
名 下巴

> He pointed the direction with his **chin**.
> 他用下巴指了方向。

choc·o·late
[ˈtʃɔkəlɪt]
名 巧克力

> **Chocolate** sells like hot cake on Valentine's Day.
> 情人節的巧克力賣得很好。

choice
[tʃɔɪs]
名 選擇
形 精選的

> What's your **choice**?
> 你的選擇是什麼？
> 延伸學習 同 selection 選擇

choose
[tʃuz]
動 選擇

> **Choose** one color.
> 選一個顏色。

延伸學習 同 select 選擇

chop·stick(s)
[ˈtʃɑpˌstɪk(s)]
名 筷子

> We eat with **chopsticks**.
> 我們用筷子吃飯。

Christ·mas/Xmas
[ˈkrɪsməs]
名 聖誕節

> **Christmas** is coming.
> 聖誕節快到了。

church
[tʃɝtʃ]
名 教堂

> I visited a lot of **churches** in Europe.
> 我去歐洲拜訪很多教堂。

cir·cle
[ˈsɝkḷ]
名 圓形
動 圍繞

> Draw a **circle** first.
> 先畫一個圓形。

延伸學習 同 round 環繞

cit·i·zen
[ˈsɪtəzn̩]
名 公民、居民

> The **citizens** have the right to vote.
> 公民擁有投票權。

延伸學習 同 inhabitant 居民

ci·ty
[ˈsɪtɪ]
名 城市

> Taipei is a beautiful **city**.
> 台北是很美的城市。

claim
[klem]
動 主張、聲稱
名 要求、權利

> He **claimed** that he has done nothing wrong.
> 他聲稱沒有犯任何錯。

延伸學習 同 right 權利

clap
[klæp]
動 鼓（掌）、拍擊
名 拍擊聲

> Everyone **claps** their hands to welcome the movie star.
> 大家鼓掌歡迎電影明星。

class
[klæs]
名 班級、階級、種類

> There are fifty **classes** in my school.
> 我的學校有五十個班。

延伸學習　同 grade 階級

clas·sic
[`klæsɪk]
形 古典的
名 經典作品

> I prefer **classics**.
> 我喜歡閱讀經典作品。

延伸學習　同 ancient 古代的

clean
[klin]
形 乾淨的
動 打掃

> **Clean** the classroom.
> 打掃教室。

延伸學習　反 dirty 髒的

clear
[klɪr]
形 清楚的、明確的、澄清的
動 澄清、清除障礙、放晴

> It is **clear**.
> 這很明顯。

延伸學習　片 crystal clear 十分清楚
　　　　　反 ambiguous 含糊不清的

clerk
[klɝk]
名 職員

> The **clerk** helped me to find the cellphone I need.
> 店員幫我找到我所需要的手機。

clev·er
[`klɛvɚ]
形 聰明的、伶俐的

> The boy is **clever**.
> 那男孩很聰明。

延伸學習　反 stupid 愚蠢的

cli·mate
['klaɪmɪt]
名 氣候

> The **climate** in Taiwan is hot and humid.
> 台灣的氣候溫暖又潮濕。
>
> 延伸學習　同 weather 天氣

climb
[klaɪm]
動 攀登、上升、爬

> I love to go mountain **climbing**.
> 我喜歡爬山。

clock
[klɑk]
名 時鐘、計時器

> It's twelve o'**clock** now.
> 現在十二點了。

close
[klos]/[kloz]
形 靠近的、親近的
動 關、結束、靠近

> I feel **close** to you.
> 我覺得跟你很親近。
>
> 延伸學習　片 close to 跟……很親近
> 　　　　　反 open （打）開

clos·et
['klɑzɪt]
名 櫥櫃

> My **closet** is full of dress.
> 我整個櫥櫃都是洋裝。
>
> 延伸學習　同 abinet 櫥櫃

clothes
[kloz]
名 衣服

> I went to the department store to buy some **clothes**.
> 我去百貨公司買衣服。
>
> 延伸學習　同 clothing 衣服

cloud·y
['klaʊdɪ]
形 烏雲密佈的、多雲的

> It's **cloudy** tonight.
> 今晚烏雲密佈。
>
> 延伸學習　反 bright 晴朗的

club
[klʌb]
名 俱樂部、社團

> My cousin joined the chess **clubs**.
> 我的表弟加入西洋棋社團。
>
> 延伸學習　片 night club 夜店
> 　　　　　同 association 協會、社團

coach
[kotʃ]
名 教練、顧問
動 訓練

> The **coach** of Spur is the best.
> 馬刺隊有最好的教練。

延伸學習　同 counselor 顧問、參事

coast
[kost]
名 海岸、沿岸

> The hotel near the **coast** is good.
> 海岸邊的那家飯店很棒。

coat
[kot]
名 外套

> We need to buy a new **coat**.
> 我們要買件新的外套。

延伸學習　同 jacket 外套

**cock·roach/
roach**
[ˋkɑkͺrotʃ]/[rotʃ]
名 蟑螂

> I am afraid of **cockroaches**.
> 我很怕蟑螂。

cof·fee
[ˋkɔfɪ]
名 咖啡

> I had a cup of **coffee** today.
> 我今天喝了一杯咖啡。

coin
[kɔɪn]
名 硬幣
動 鑄造

> Give me some **coins**.
> 給我一些銅板。

延伸學習　同 money 錢幣

cold
[kold]
形 冷的
名 感冒

> Today is so **cold**.
> 今天好冷。

延伸學習　反 warm 暖的

col·lect
[kəˋlɛkt]
動 收集

> We are **collecting** stamps.
> 我們正在收集郵票。

延伸學習　同 gather 收集

col·le·ction
[kəˋlɛkʃən]
名 聚集、收集

> The stamps are a part of my **collection**.
> 那些郵票是我部分的收藏品。
> 延伸學習　同 analects 選集

col·lege
[ˋkɑlɪdʒ]
名 學院、大學

> She's my **college** classmate.
> 她是我大學同學。

co·lor
[ˋkʌlɚ]
名 顏色
動 把……塗上顏色

> I love the **color** of the clothes.
> 我喜歡這衣服的顏色。

col·or·ful
[ˋkʌləfəl]
形 富有色彩的

> She has a **colorful** life.
> 她擁有精彩的人生。

comb
[kom]
名 梳子
動 梳、刷

> I am **combing** my hair.
> 我正在梳頭。
> 延伸學習　同 brush 梳子、刷

come
[kʌm]
動 來

> Dad **comes** home at six.
> 爸爸六點回家。
> 延伸學習　反 leave 離開

com·fort·a·ble
[ˋkʌmfɚtəbl]
形 舒服的

> The sofa is so **comfortable** that I don't want to get up from it.
> 這沙發好舒服，我都不想要起來了。
> 延伸學習　同 content 滿意的

com·mand
[kəˋmænd]
動 命令、指揮
名 命令、指令

▷ I **command** you to stand up.
我命令你站起來。

com·mon
[ˋkɑmən]
形 共同的、平常的、普通的
名 平民、普通

▷ It's **common** to have a cellphone now.
現在有手機是很正常的。

延伸學習　片 common sense 常識
　　　　　反 special 特別的

com·pa·ny
[ˋkʌmpənɪ]
名 公司、同伴

▷ Do you work in this **company**?
你在這家公司工作嗎？

延伸學習　同 enterprise 公司

comp·are
[kəmˋpɛr]
動 比較

▷ I **compared** the price of televisions to decide what to buy.
我比較電視機的價錢後，再決定要買什麼。

延伸學習　同 contrast 對比

com·plain
[kəmˋplen]
動 抱怨

▷ He **complains** about his job all the time.
他總是抱怨他的工作。

延伸學習　片 complain about 抱怨
　　　　　同 grumble 抱怨

com·plete
[kəmˋplit]
形 完整的
動 完成

▷ Make a **complete** sentence.
造一個完整的句子。

延伸學習　同 conclude 結束

com·put·er
[kəmˋpjutɚ]
名 電腦

▷ Where can I buy a cheap **computer**?
我到哪裡才能買到便宜的電腦？

單字技巧練習題

學單字要有技巧，完成以下單字大題吧。

A. 反義字記單字：閱讀句子，並留意劃底線的單字。看看框中的單字，選出相對應的反義字。

_____ 1. Harry Potter is really a <u>brave</u> boy. He is not afraid of the evil wizard.
   a. ugly　　b. chicken-hearted　　c. dark

_____ 2. The fast food restaurant was <u>bright</u>. It was a good place to read my favorite novel.
   a. dark　　b. sparking　　c. shiny

_____ 3. In <u>brief</u>, drinking three cups of coffee a day is good for your health.
   a. short　　b. long　c. to the point

_____ 4. Sally is crazy about shopping in department stores. Those brand <u>new</u> bags and shoes over there are pretty and shiny.
   a. fashionable　　b. latest　　c. old

B. 前後文線索記單字：看看空格前後文，把最符合句意的單字填
進空格。

but, brief, coffee, colorful, butterfly

1. What will make your life _____? How about learning to
be a creative artist or creating a life with joy and surprises?

2. Can you keep your talk _____? I have to catch the bus in
five minutes.

3. _____ are flying around in the garden. They are really
beautiful.

4. Peter enjoys sitting in the cafe and drinking black _____ .

5. Humans are habitual animals. To make mistakes is easy,
_____to stop making the same mistakes is hard.

第 **3** 階段
CD

單字練習題：分類法記單字、反義字記單字

第 3 階段 音檔雲端連結

因各家手機系統不同，若無法直接掃描，仍可以至以下電腦雲端連結下載收聽。
（https://tinyurl.com/3mzx6jue）

☁ *Cc* ········

con·cern
[kən`sɝn]
動 關心、涉及

> He doesn't even **concern** about you!
> 他甚至一點都不關心你！

con·fi·dent
[`kɑnfədənt]
形 有信心的

> You are too **confident** about your plan.
> 你對你的計畫太有信心了。

延伸學習 ⬤ certain 有把握的

con·firm
[kən`fɝm]
動 證實

> The smell in this room **confirmed** that a BBQ meal was served.
> 這個房間裡的氣味證實曾有過一頓烤肉大餐。

延伸學習 ⬤ establish 證實

con·flict
[`kɑnflɪkt]/[kən`flɪkt]
名 衝突、爭鬥
動 衝突

> There was a **conflict** between them.
> 他們之間有衝突。

延伸學習 ⬤ clash 衝突

Con·fu·cius
[kən`fjuʃəs]
名 孔子

> Some people consider **Confucius** as the best teacher.
> 有些人認為孔子是最好的老師。

con·fuse
[kən`fjuz]
動 使迷惑

> I am **confused** by your explanation.
> 你的解釋讓我迷惑了。

con·grat·u·la·tions
[kənˌgrætʃə`leʃənz]
名 祝賀、恭喜

> Are you getting married? **Congratulations**!
> 你要結婚啦？真是恭喜！

延伸學習 ⬤ blessing 祝福

con·sid·er
[kən`sɪdə]
動 仔細考慮、把……視為

> I have never **considered** about that.
> 我從沒想過這個。

延伸學習　同 deliberate 仔細考慮

con·tact
[`kɑntækt]/[kən`tækt]
名 接觸、親近
動 接觸

> Don't **contact** the patient.
> 不要接觸這名病患。

延伸學習　片 contact with 聯繫
　　　　　同 approach 接近

con·tain
[kən`ten]
動 包含、含有

> The price **contains** the tax.
> 這報價含有稅額。

延伸學習　反 exclude 不包括

con·tin·ue
[kən`tɪnjʊ]
動 繼續、連續

> **Continue** your work.
> 繼續工作。

延伸學習　片 to be continued 未完成
　　　　　同 persist 持續

con·tract
[`kɑntrækt]/[kən`trækt]
名 契約、合約
動 訂契約

> Our company will make a **contract** with yours.
> 我們公司會跟你們公司簽合約。

延伸學習　片 make a contract 簽合約
　　　　　同 pact 契約

con·trol
[kən`trol]
名 管理、控制
動 支配、控制

> The dog is out of **control**.
> 這隻狗失控了。

延伸學習　片 out of control 失控
　　　　　同 command 控制、指揮

con·ve·nient
[kən`vinjənt]
形 方便的、合宜的

> It is more **convenient** in Taipei.
> 台北很方便。

延伸學習　同 suitable 適當的

con·ver·sa·tion
[kɑnvɚˋseʃən]
名 交談、談話

> We had a pleasant **conversation**.
> 我們有個愉快的對話。
>
> 延伸學習　同 dialogue 交談

cook
[kʊk]
動 烹調、煮、燒
名 廚師

> Oliver is **cooking** dinner for his family.
> 奧力佛為家人煮晚餐。

cook·ie/cook·y
[ˋkʊkɪ]
名 餅乾

> I am baking some **cookies**.
> 我正在烤餅乾。

cool
[kʊl]
形 涼的、涼快的、酷的
動 使變涼

> It's **cool** tonight.
> 今晚很涼爽。
>
> 延伸學習　反 hot 熱的

cop·y/Xe·rox/ xe·rox
[ˋkɑpɪ]/[ˋzɪrɑks]
名 拷貝

> Give me a **copy** of your passport.
> 給我一份你的護照影本。
>
> 延伸學習　同 imitate 仿製

corn
[kɔrn]
名 玉米

> Feed the pigs some **corns**.
> 餵豬吃點玉米吧！
>
> 延伸學習　片 popcorn 爆（玉）米花

cor·ner
[ˋkɔrnɚ]
名 角落

> The poor girl is sitting in the **corner**.
> 那可憐的小女孩坐在角落。
>
> 延伸學習　同 angle 角

cor·rect
[kəˋrɛkt]
形 正確的
動 改正、糾正

> Give me a **correct** answer.
> 給我一個正確的答案。
>
> 延伸學習　同 right 正確的

cost
[kɔst]
名 代價、價值、費用
動 花費、值

▶ The computer **costs** me a lot.
這台電腦花了我不少錢。

延伸學習 反 income 收入、收益

cot·ton
[ˈkɑtṇ]
名 棉花

▶ The clothes is made of **cotton**.
這件衣服是棉花製成。

couch
[kaʊtʃ]
名 長沙發、睡椅

▶ He slept in the **couch** last night.
他昨晚在沙發上睡著了。

cough
[kɔf]
動 咳出
名 咳嗽

▶ I kept **coughing** because I was seriously sick.
我一直咳嗽因為我生了重病。

count
[kaʊnt]
動 計數
名 計數

▶ My little baby can **count** now!
我的小小孩現在就會數數了！

coun·try
[ˈkʌntrɪ]
形 國家的、鄉村的
名 國家、鄉村

▶ Japan is an amazing **country**.
日本是個讓人驚豔的國家。

延伸學習 同 nation 國家

coun·try·side
[ˈkʌntrɪˌsaɪd]
名 鄉間

▶ I was in the **countryside** last weekend.
上週末我人在鄉下。

coun·ty
[ˈkaʊntɪ]
名 郡、縣

▶ In which **county** do you live?
你住在哪個縣？

cou·ple
[`kʌpl̩]
名 配偶、一對
動 結合

> You are a **couple** made in heaven.
> 你們真是天造地設的一對啊！

延伸學習　🔁 couple/match made in heaven
天造地設的一對

cour·age
[`kɝɪdʒ]
名 勇氣

> I don't have the **courage** to say "I love you" to her.
> 我沒有勇氣跟她說「我愛她」。

延伸學習　🔄 fear 恐懼

course
[kors]
名 課程、講座、過程、路線

> English Conversation is my favorite **course** this year.
> 英文會話是我今年最喜歡的課程。

延伸學習　🔁 process 過程

court
[kort]
名 法院

> I will see you in the **court**.
> 我們法院見。

cou·sin
[`kʌzn̩]
名 堂（表）兄弟姊妹

> The movie star is your **cousin**.
> 電影明星是你的表哥。

cov·er
[`kʌvɚ]
名 封面、表面
動 覆蓋、掩飾、包含

> The **cover** of the book is colorful.
> 這本書的封面色彩繽紛。

延伸學習　🔄 uncover 揭露、發現

cow
[kaʊ]
名 母牛、乳牛

> There are lots of **cows** in the farm.
> 農場裡有很多母牛。

crab
[kræb]
名 蟹

> I saw many **crabs** near the river.
> 我在河邊看到很多螃蟹。

cray·on
[ˈkreən]
名 蠟筆

▶ The kids draw a picture with **crayons**.
孩子們用蠟筆作畫。

cra·zy
[ˈkrezɪ]
形 發狂的、瘋癲的

▶ I am **crazy** about her!
我發狂的迷戀她。
延伸學習 同 mad 發狂的

cream
[krim]
名 乳酪、乳製品

▶ We need some more **cream** to make the cake.
我們需要一些乳製品才能做蛋糕。

cre·ate
[krɪˈet]
動 創造

▶ Who **creates** human beings?
誰創造了人類？
延伸學習 同 design 設計

crime
[kraɪm]
名 罪、犯罪行為

▶ Don't enter the **crime** scene.
不要進去犯罪現場。
延伸學習 同 sin 罪

cri·sis
[ˈkraɪsɪs]
名 危機

▶ Thanks to the help of my family, I can go through the **crisis**.
多虧了我家人的幫忙，我度過了這個危機。
延伸學習 同 emergency 緊急關頭
名詞複數 crises

cross
[krɔs]
名 十字形、交叉
動 使交叉、橫過、反對

▶ What does a **cross** mean?
十字架的意思是什麼？
延伸學習 同 oppose 反對

crowd
[kraʊd]
名 人群、群眾
動 擁擠

▶ A **crowd** of fans rushed to the stage.
一群粉絲衝向舞台。
延伸學習 同 group 群眾

cru·el
[`krʊəl]
形 殘忍的、無情的

▶ Time is the cruelest **killer**.
時間是最殘忍的殺手。

延伸學習 同 mean 兇惡的

cry
[kraɪ]
名 叫聲、哭聲、大叫
動 哭、叫、喊

▶ The baby is **crying**.
嬰兒在哭。

延伸學習 同 wail 慟哭

cul·ture
[`kʌltʃɚ]
名 文化

▶ What can stand for Taiwanese **culture**?
什麼可以代表台灣文化？

cup
[kʌp]
名 杯子

▶ Give me a **cup** of tea please.
請給我一杯茶。

延伸學習 片 is not my cup of tea 不是我的菜
同 lass 玻璃杯

cure
[kjʊr]
動 治療
名 治療

▶ The disease can never be **cured**.
這種疾病永遠無法被治癒。

延伸學習 同 heal 治療

cu·ri·ous
[`kjʊrɪəs]
形 求知的、好奇的

▶ Are you **curious** about the bird's world?
你對鳥類的世界感到好奇嗎？

cur·rent
[`kɝənt]
形 流通的、目前的
名 電流、水流

▶ Linda is the **current** manager of our department.
琳達是我們部門現任的經理。

延伸學習 同 present 目前的

cur·tain/drape
[ˋkɝtn̩]/[drep]
名 窗簾
動 掩蔽

▷ I need some **curtain** so that others can't see through my house.
我需要一些窗簾，這樣人家就不會看到我的房子了。

cus·tom
[ˋkʌstəm]
名 習俗、習慣

▷ Korean eating **custom** is getting more popular these days.
現今韓國的飲食習俗越來越受歡迎。
延伸學習 同 tradition 習俗、傳統

cus·tom·er
[ˋkʌstəmɚ]
名 習俗、習慣

▷ Put your **customers** first.
顧客至上。
延伸學習 同 client 客戶

cut
[kʌt]
名 切口、傷口
動 切、割、剪、砍、削、刪

▷ I **cut** the paper.
我割好紙了。
延伸學習 同 split 切開

cute
[kjut]
形 可愛的、聰明伶俐的

▷ My girlfriend is **cute**.
我女朋友很可愛。
延伸學習 同 pretty 可愛的

Dd ....

dad·dy/dad/pa·pa/pa/pop
[ˋdædɪ]/[dæd]/[ˋpɑpə]/[pɑ]/[pɑp]
名 爸爸

▷ **Daddy** is always there for me.
爸爸總是在我身邊。

dai·ly
[`delɪ]
名 日報
形 每日的

> My **daily** routine is boring.
> 我每日的行程很無聊。

dam·age
[`dæmɪdʒ]
名 損害、損失
動 毀損

> My car was **damaged** in the car accident.
> 我的車在車禍中嚴重損毀。

dance
[dæns]
名 舞蹈
動 跳舞

> I am not good at **dancing.**
> 我不擅長跳舞。

dan·ger
[`dendʒɚ]
名 危險

> There is a **danger** in loving somebody too much.
> 太愛一個人總是很危險的。
> 延伸學習 反 safety 安全

dan·ger·ous
[`dendʒərəs]
形 危險的

> It's **dangerous** to love somebody too much.
> 愛太深是很危險的。
> 延伸學習 反 secure 安全的

dark
[dɑrk]
名 黑暗、暗處
形 黑暗的

> Everyone has his **dark** side.
> 大家都有自己的黑暗面。
> 延伸學習 反 light 明亮的

da·ta
[`detə]
名 資料、事實、材料

> Could you please analyze the **data** for me?
> 你可以為我分析資料嗎？
> 延伸學習 同 information 資料

date
[det]
名 日期、約會
動 約會、定日期

> What **date** is today?
> 今天是幾月幾號？
>
> 延伸學習　同 appointment 約會

daugh·ter
[ˋdɔtɚ]
名 女兒

> My **daughters** are important for me.
> 我女兒對我來說很重要。
>
> 延伸學習　反 son 兒子

dawn
[dɔn]
名 黎明、破曉
動 開始出現、頓悟

> We woke up at **dawn** this morning.
> 我們今天天一亮就起床了。
>
> 延伸學習　反 dusk 黃昏

day
[de]
名 白天、日

> I miss you every **day** and every night.
> 我日日夜夜都在想念你。
>
> 延伸學習　片 day and night 日日夜夜
> 　　　　　反 night 晚上

dead
[dɛd]
形 死的
名 死者

> There is a **dead**.
> 這裡有名死者。
>
> 延伸學習　反 live 活的

deaf
[dɛf]
形 耳聾

> She's **deaf**, so she can't hear you.
> 她耳聾了，所以聽不到你說話。

deal
[dil]
動 處理、應付、做買賣、經營
名 買賣、交易

> I can't **deal** with that situation.
> 我不能處理那種狀況。
>
> 延伸學習　片 a deal is a deal 說話算話
> 　　　　　同 trade 交易

dear
[dɪr]

形 昂貴的、親愛的
副 昂貴地
感 呵！唉呀！（表示傷心、焦慮、驚奇等）

▷ My **dear**, you look great!
親愛的，你看起來好棒！

延伸學習　片 at a dear price 很昂貴的
　　　　　　 同 expensive 昂貴的

death
[dεθ]

名 死、死亡

▷ They are sad for his **death**.
他們為他的死感到難過。

延伸學習　反 life 生命、活的東西

de·bate
[dɪˋbet]

名 討論、辯論
動 討論、辯論

▷ Same-sex marriage is the focus of public **debate**.
同性婚姻是目前大眾辯論的焦點。

延伸學習　同 discuss 討論
　　　　　 詞性變化 debatable 具爭議的

debt
[dεt]

名 債、欠款

▷ You will be in **debt** if you don't pay your credit card bill.
如果你不付卡帳，你會負債累累。

延伸學習　片 in debt 負債
　　　　　　 同 obligation 債、欠款

De·cem·ber/Dec.
[dɪˋsεmbɚ]

名 十二月

▷ Christmas is in **December**.
聖誕節在十二月。

de·cide
[dɪˋsaɪd]

動 決定

▷ I have **decided** to leave him.
我下定決心要離開他。

延伸學習　同 determine 決定

de·ci·sion
[dɪˋsɪʒən]

名 決定、決斷力

▷ It is hard to make such a **decision**.
要做這種決定很難。

延伸學習　片 make a decision 做決定
　　　　　　 同 determination 決定

dec·o·rate
[ˈdɛkəˌret]
動 裝飾、佈置

We are **decorating** our house for Christmas.
我們正在為了聖誕節布置我們的房子。

延伸學習　同 beautify 裝飾

deep
[dip]
形 深的
副 深深地

The water is so **deep**.
這水很深。

延伸學習　反 shallow 淺的

deer
[dɪr]
名 鹿

There were many **deer** in Taiwan.
台灣以前有很多鹿。

de·gree
[dɪˈgri]
名 學位、程度

When will your sister get her master **degree**?
你姊姊何時才能拿到碩士學位？

延伸學習　同 extent 程度

de·lay
[dɪˈle]
動 延緩
名 耽擱

John's airplane was **delayed** by two hours.
約翰乘坐的飛機延誤了兩小時。

de·li·cious
[dɪˈlɪʃəs]
形 美味的

The food in this restaurant is **delicious**.
這家餐廳的食物很美味。

延伸學習　同 yummy 美味的

de·liv·er
[dɪˈlɪvɚ]
動 傳送、遞送

The postman **delivers** the package in the morning.
郵差早上送來這個包裹。

延伸學習　同 transfer 傳送

de·moc·ra·cy
[dəˋmɑkrəsɪ]
名 民主制度

> The **democracy** of this country needs improvement.
> 這國家的民主制度仍須努力。

de·moc·ra·tic
[ˌdɛməˋkrætɪk]
形 民主的

> Is it a **democratic** country?
> 這是民主國家嗎？

den·tist
[ˋdɛntɪst]
名 牙醫、牙科醫生

> I had a toothache, so I went to see a **dentist**.
> 我牙齒痛，所以去看牙醫了。

de·ny
[dɪˋnaɪ]
動 否認、拒絕

> I **deny** that I love him.
> 我否認我喜歡他。
>
> 延伸學習　同 reject 拒絕

de·part·ment
[dɪˋpɑrtmənt]
名 部門、處、局、系所

> We are in Chinese **department**.
> 我們在中文系。
>
> 延伸學習　同 section 部門

de·pend
[dɪˋpɛnd]
動 依賴、依靠

> It **depends**.
> 這要視情況而定。
>
> 延伸學習　片 depend on 視……而定
> 　　　　　同 rely 依賴

de·scribe
[dɪˋskraɪb]
動 敘述、描述

> Can you **describe** what you saw?
> 你可以描述一下你看到什麼嗎？
>
> 延伸學習　同 define 解釋

de·sert
[ˋdɛzət]/[dɪˋzɝt]
名 沙漠、荒地
動 拋棄、丟開
形 荒蕪的

> Have you ever been to a **desert**?
> 你去過沙漠嗎？
>
> 延伸學習　反 fertile 肥沃的

de·sign
[dɪˋzaɪn]
名 設計
動 設計

> Who **designed** this great building?
> 誰設計了這麼偉大的一座建築？

延伸學習　同 sketch 設計、構思

de·sire
[dɪˋzaɪr]
名 渴望、期望

> I have a **desire** to see you.
> 我渴望見到你。

延伸學習　同 fancy 渴望

desk
[dɛsk]
名 書桌

> There are books on her **desk**.
> 在她的桌子上有幾本書。

des·sert
[dɪˋzɝt]
名 餐後點心、甜點

> Do you want some **dessert**?
> 你想要一些甜點嗎？

de·ter·mine
[dɪˋtɝmɪn]
動 決定

> Your efforts **determine** if you will succeed.
> 你的努力決定你會不會成功。

延伸學習　同 ecide 決定

de·vel·op
[dɪˋvɛləp]
動 發展、開發

> The village is **developing** fast now.
> 這個小村莊正在快速發展。

di·al
[ˋdaɪəl]
名 刻度盤
動 撥（電話）

> I will think about this matter and **dial** my daughter's number.
> 我會想想這件事，再撥電話給我女兒。

延伸學習　同 call 打電話

dia·mond
[ˋdaɪmənd]
名 鑽石

> The girl loves **diamond**.
> 那女孩很愛鑽石。

di·a·ry
[ˋdaɪərɪ]
名 日誌、日記本

▷ I keep a **diary** every day.
我每天寫日記。

延伸學習　片 keep a diary 寫日記
　　　　　同 journal 日誌

dic·tion·ar·y
[ˋdɪkʃənˏɛrɪ]
名 字典、辭典

▷ I learned this word when flipping over the **dictionary**.
當我隨手翻這本字典時學到了這個字彙。

die
[daɪ]
動 死

▷ He will **die** soon.
他即將死去。

延伸學習　同 perish 死去

diet
[ˋdaɪət]
名 飲食
動 節食

▷ Salad is common in American **diet**.
沙拉在美式的飲食很常見。

延伸學習　片 on a diet 節食

dif·fer·ence
[ˋdɪfərəns]
名 差異、差別

▷ What's the **difference** between human beings and other animals?
人類和其他動物的差別是什麼？

延伸學習　片 difference between
　　　　　和……的差別
　　　　　反 similarity 相似處

dif·fer·ent
[ˋdɪfərənt]
形 不同的

▷ They're totlaly **different** people.
他們是完全不一樣的人。

延伸學習　反 identical 同一的

difficult
[ˋdɪfəˏkʌlt]
形 困難的

▷ Life for children in Africa is **difficult**.
非洲小朋友過著困苦的生活。

延伸學習　反 easy 簡單的

dif·fi·cul·ty
[ˋdɪfəˏkʌltɪ]
名 困難

▷ She told her teacher the **difficulty** she was facing.
她告訴老師她面臨到的困難。

延伸學習　反 ease 簡單

dig
[dɪg]
動 挖、挖掘

> The dog **digged** a hole.
> 那隻狗挖了洞。
>
> 延伸學習 反 bury 埋

dil·i·gent
[ˈdɪlədʒənt]
形 勤勉的、勤奮的

> The **diligent** boy finally won the champion.
> 那勤奮的男孩最終得到了冠軍。

din·ner
[ˈdɪnɚ]
名 晚餐、晚宴

> I am going to have **dinner** with Lori.
> 我要跟蘿莉吃晚餐。
>
> 延伸學習 片 eat dinner 吃晚餐
> 同 supper 晚餐

di·no·saur
[ˈdaɪnəˌsɔr]
名 恐龍

> What caused the extinction of **dinosaurs**?
> 是什麼讓恐龍絕跡的？

dir·ect
[dəˈrɛkt]
形 筆直的、直接的
動 指示、命令

> The road is **direct**.
> 這條路很直。
>
> 延伸學習 同 order 命令、指示

di·rec·tion
[dəˈrɛkʃən]
名 指導、方向

> Could anyone tell us the **direction** to our hotel?
> 可以有人告訴我們去飯店的方向嗎？
>
> 延伸學習 同 way 方向

di·rec·tor
[dəˈrɛktɚ]
名 指揮者、導演

> The movie is directed by the greatest **director** in this country.
> 這部電影是由這國家最棒的導演所執導的。

dirt·y
[ˈdɜtɪ]
形 髒的
動 弄髒

> This room is so **dirty**.
> 這房間好髒。
>
> 延伸學習 反 clean 清潔的

dis·ap·pear
[ˌdɪsəˈpɪr]
動 消失、不見

> The strange sound **disappeared**.
奇怪的聲音消失了。

延伸學習　同 appear 出現

dis·cov·er
[dɪˈskʌvɚ]
動 發現

> I have **discovered** the secret.
我發現了祕密。

延伸學習　同 find 發現

dis·cuss
[dɪˈskʌs]
動 討論、商議

> We **discussed** about this issue many times in college.
當我們在大學時討論過這個議題很多次。

延伸學習　片 discuss about 討論
　　　　　同 consult 商議

dis·cus·sion
[dɪˈskʌʃən]
名 討論、商議

> We always learned a lot in the **discussion**.
我們總是在討論中學到很多。

延伸學習　同 consultation 商議

dish
[dɪʃ]
名 （盛食物的）盤、碟

> I miss the **dish**.
我好想念這道菜。

延伸學習　同 plate 盤、碟

dis·hon·est
[dɪsˈɑnɪst]
形 不誠實的

> Mrs. Huang is angry because the students are **dishonest**.
黃老師很生氣，因為學生不誠實。

延伸學習　反 honest 誠實的

dis·tance
[ˈdɪstəns]
名 距離

> The **distance** between the subway and the hotel is acceptable.
從地鐵到旅館的距離是可以接受的。

延伸學習　同 length 距離、長度

di·vide
[dəˋvaɪd]
動 分開

> Could you **divide** the pizza into eight pieces?
> 你可以將披薩分成八塊嗎？

延伸學習　同 separate 分開

di·vi·sion
[dəˋvɪʒən]
名 分割、除去

> The teacher's **division** of the cake is not fair for the kids.
> 這老師分割蛋糕的方式對孩子來說不太公平。

diz·zy
[ˋdɪzɪ]
形 暈眩的、被弄糊塗的

> I feel **dizzy** today.
> 我今天覺得暈眩。

do
[du]
助 （無詞意）
動 做

> How **do** you **do**?
> 你最近好嗎？

延伸學習　同 perform 做

doc·tor/doc
[ˋdɑktə]
名 醫生、博士

> I saw a **doctor**.
> 我去看了醫生。

延伸學習　片 See a doctor. 看醫生。
　　　　　同 physician 醫師

dog
[dɔg]
動 尾隨、跟蹤
名 狗

> We want to keep a **dog**.
> 我想要養狗。

延伸學習　片 keep a dog 養狗

doll
[dɑl]
名 玩具娃娃

> I bought a **doll**.
> 我買了娃娃。

延伸學習　同 toy 玩具

dol·lar/buck
[ˋdɑlə]/[bʌk]
名 美元、錢

> I spent two **dollars**.
> 我花了兩塊錢。

dol·phin
[`dɑlfɪn]
名 海豚

▷ I took a boat trip and saw many **dolphins**.
我坐船旅遊，看到很多海豚。

don·key
[`dɑnkɪ]
名 驢子、傻瓜

▷ The farmer bought a **donkey**.
那個農夫買了一頭驢。

延伸學習 同 mule 驢，騾子

door
[dor]
名 門

▷ Open the **door**.
幫我開門。

延伸學習 同 gate 大門

dot
[dɑt]
名 圓點
動 以點表示

▷ The skirt with **dots** is lovely.
那有圓點的裙子很可愛。

dou·ble
[`dʌbl̩]
形 雙倍的
副 加倍地
名 二倍
動 加倍

▷ I love the burger with double **cheese**.
我喜歡有雙層起司的漢堡。

延伸學習 反 single 單一的

doubt
[daʊt]
名 疑問
動 懷疑

▷ Dare you **doubt** what she told you?
你敢懷疑她說的話嗎？

延伸學習 反 believe 相信

dough·nut
[`doˏnʌt]
名 油炸圈餅、甜甜圈

▷ I bought a **doughnut** for a snack.
我買了甜甜圈當點心。

down
[daʊn]
形 向下的
副 向下
介 沿著……而下

> Go **down** the street.
> 沿著這條街往下走。

延伸學習　反 up 在上面

down·stairs
[ˌdaʊnˈstɛrz]
形 樓下的
副 在樓下
名 樓下

> Go **downstairs**.
> 下樓去吧。

延伸學習　反 upstairs 在樓上

down·town
[ˈdaʊnˈtaʊn]
副 鬧區的
名 鬧區、商業區

> We went to the **downtown** every weekend.
> 我們每周都去鬧區。

doz·en
[ˈdʌzn̩]
名 （一）打、十二個

> I have a **dozen** of pens.
> 我有一打筆。

Dr.
[ˈdɑktɚ]
名 醫生、博士

> **Dr.** Lee encourages us to exercise more.
> 李醫生鼓勵我們多運動。

延伸學習　同 doctor 醫生

drag·on
[ˈdrægən]
名 龍

> In Chinese culture, **dragon** is a symbol of the emperor.
> 在中國文化中，龍是皇帝的象徵。

dra·ma
[ˈdræmə]
名 劇本、戲劇

> Do you love the **drama** of Shakespeare?
> 你喜歡莎翁戲劇嗎？

延伸學習　同 theater 戲劇

draw
[drɔ]
動 拉、拖、提取、畫、繪製

> I want to **draw** an elephant.
> 我想要畫一頭大象。

延伸學習　同 drag 拉、拖

draw·er
[`drɔɚ]
名 抽屜、製圖員

> Lots of money is in the **drawer**.
> 抽屜裡有很多錢。

dream
[drim]
名 夢
動 做夢

> I **dreamed** a **dream**.
> 我做了個夢。

延伸學習　片 Dream of/about 夢見……
　　　　　反 reality 現實

dress
[drɛs]
名 洋裝
動 穿衣服

> I bought some pretty **dresses** for my girlfriend.
> 我買了漂亮的裙子給我女朋友。

延伸學習　同 clothe 穿衣服

drink
[drɪŋk]
名 飲料
動 喝、喝酒

> I **drink** tea every day.
> 我每天喝茶。

drive
[draɪv]
名 駕車、車道
動 開車、驅使、操縱（機器等）

> Dad **drives** me to school.
> 爸爸每天開車載我去學校。

延伸學習　同 move 推動、促使

driv·er
[`draɪvɚ]
名 駕駛員、司機

> The bus **driver** is very nice.
> 公車司機人非常好。

drop
[drɑp]
動 （使）滴下、滴

> The books **dropped** in the earthquake.
> 地震時書掉下來了。

drug
[drʌg]
名 藥、藥物

> He took **drugs**!
> 他吸毒！
> 延伸學習　片 take drug 吸毒
> 　　　　　同 medicine 藥

drug·store
[`drʌɡˌstor]
名 藥房

> I went to the **drugstore** to buy some medicine for my headache.
> 我去藥房買了頭痛藥。
> 延伸學習　同 pharmacy 藥房

drum
[drʌm]
名 鼓

> The kids love playing **drums**.
> 這些孩子們喜歡打鼓。

dry
[draɪ]
形 乾的、枯燥無味的
動 把……弄乾、乾掉

> The air in desert is so **dry**.
> 沙漠的空氣很乾燥。
> 延伸學習　同 thirsty 乾的、口渴的

dry·er
[draɪɚ]
名 烘乾機、吹風機

> There is no **dryer** in the hotel!
> 這家飯店內沒有吹風機！

duck
[dʌk]
名 鴨子

> **Ducks** swim in the pond.
> 池塘中有鴨子在游泳。

dumb
[dʌm]
形 啞的、笨的

> Why doesn't he answer me? Is he **dumb**?
> 他怎麼都不回答我？他是啞巴嗎？
> 延伸學習　反 smart 聰明的

dump·ling
[ˋdʌmplɪŋ]
名 麵團、餃子

▷ We eat **dumplings** on the eve of Chinese New Year.
我們在除夕的時候吃水餃。

dur·ing
[ˋdjʊrɪŋ]
介 在……期間

▷ **During** the war, her father died.
在戰爭期間，他父親過世了。

du·ty
[ˋdjutɪ]
名 責任、義務

▷ It is our **duty** to help save our Earth.
幫助拯救我們的地球是大家的責任。

延伸學習　同 responsibility 責任

單字技巧練習題
學單字要有技巧，完成以下單字大題吧。

A. 分類法記單字：把與主題相關的詞彙填入方框裡。

decide, dangerous, describe, daughter,

difference, difficult

動詞	名詞	形容詞

B. 反義字記單字：閱讀句子，並留意劃底線的單字。看看框中的
　　　　　　單字，選出相對應的反義字。

_____ 1. When Fanny lost her eyesight, the world becomes
　　　　　dark for her.
　　　　　a. bright　　　　b. black　　　　c. sunless

_____ 2. The math test this time was so difficult. Half of the
　　　　　class didn't pass it.
　　　　　a. challenging　b. easy　　　　c. tough

_____ 3. A: What's the difference between a good writer and a
　　　　　bad one?
　　　　　B: It's the words they use.
　　　　　a. variety　　　b. simllarlty　　c. distinction

_____ 4. You wouldn't believe it. The situation is dangerous.
　　　　　a. deadly　　　b. terrible　　　c. safe

C. 前後文線索記單字：看看空格前後文，圈選最符合句意的單字。

1. Some people choose to lead their lives like "the living dead /
　life / difference." They live, but they live like they have no souls.

2. A crowd / countrysIde / courage of people are playing the
　monster-catching game by the seaside.

3. Mike is a senior high school student who likes to make
　decisions on his own. Without having a discussion with
　anybody, he do / does / decides to leave for Taipei.

4. You seemed not happy. What is your custom / concern /
　culture?

5. It is not easy to decide / die / describe Elsa. She is a woman
　that changes her face very often.

第4階段
E F

單字練習題：反義字記單字、分類法記單字、
　　　　　　前後文線索記單字

第 4 階段 音檔雲端連結

因各家手機系統不同，若無法直接
掃描，仍可以至以下電腦雲端連結
下載收聽。
（https://tinyurl.com/2p985kxa）

Ee

each
[itʃ]
形 各、每
代 每個、各自
副 各、每個

> I love **each** one of you.
> 我愛你們每一個人。

ea·gle
[igl̩]
名 鷹

> **Eagles** fly in the sky.
> 老鷹在空中飛。

ear
[ɪr]
名 耳朵

> The movie star has big **ears**.
> 那電影明星有雙大耳朵。

ear·ly
[`ɝlɪ]
形 早的、早期的、及早的
副 早、在初期

> I came home **ealier** yesterday.
> 我昨天比較早回家。
> 延伸學習　反 late 晚的

earth
[ɝθ]
名 地球、陸地、地面

> We live on the **Earth**.
> 我們住在地球上。
> 延伸學習　片 come back down to earth
> 回到現實來
> 同 globe 地球

east
[ist]
形 東方的
副 向東方
名 東、東方

> The sun rises from the **East** and
> sets in the West.
> 太陽在東方升起，西方落下。
> 延伸學習　反 west 西方

eas·y
[izɪ]
形 容易的、不費力的

▷ Forgiving is not so **easy**.
原諒不是那麼簡單。

延伸學習　片 Easy come easy go.
來得快去得快。
反 difficult 困難的

eat
[it]
動 吃

▷ You **ate** my chicken soup!
你喝了我的雞湯。

延伸學習　同 dine 用餐

ed·u·ca·tion
[ˌɛdʒəˈkeʃən]
名 教育

▷ **Education** is important for the development of a country.
教育對於一個國家的發展來說很重要。

延伸學習　同 instruction 教育

ef·fect
[əˈfɛkt]
名 影響、效果
動 引起、招致

▷ What's the **effect** of this medicine?
這藥品的效果如何？

延伸學習　同 produce 引起

ef·fec·tive
[əˈfɛktɪv]
形 有效的

▷ The communication is not **effective** enough.
這溝通不夠有效。

延伸學習　反 vain 無效的

ef·fort
[ˈɛfət]
名 努力

▷ She made an **effort** but she still failed.
她努力過了，但還是失敗了。

延伸學習　片 make an effort 做一番努力
同 attempt 努力嘗試

egg
[ɛg]
名 蛋

▷ I like to eat **eggs**.
我喜歡吃雞蛋。

eight
[et]
名 八

> There are **eight** people there.
> 那邊有八個人。

eigh·teen
[`eɪtin]
名 十八

> She's **eighteen** years old.
> 她十八歲。

eight·y
[`eti]
名 八十

> My grandmother is **eighty** years old.
> 我的奶奶八十歲了。

ei·ther
[`iðɚ]
形 （兩者之中）任一的
代 （兩者之中）任一
副 也（不）

> **Either** you or I will leave.
> 不是你走就是我走。

el·der
[`ɛldɚ]
形 年長的
名 長輩

> I yield my seat to the **elder**.
> 我把座位讓給年長者。
> 延伸學習　反 junior 晚輩

e·lect
[ɪ`lɛkt]
動 挑選、選舉
形 挑選的

> He was **elected** as the president.
> 他被選為總統。
> 延伸學習　同 select 挑選

election
[ɪ`lɛkʃən]
名 選舉

> Who will win the **election**?
> 誰會贏的這次的選舉？
> 延伸學習　片 Presidential election 總統大選

**e·lec·tric/
e·lec·tri·cal**
[ɪ`lɛktrɪk]/[ɪ`lɛktrɪkl̩]
形 電的

> Is this device **electric**?
> 這裝置有電嗎？

el·e·ment
[`ɛləmənt]
名 基本要素

▷ What's the most important **element** of composing a song?
創作歌曲最重要的基本要素是什麼？

延伸學習 同 component 構成要素

e·le·phant
[`ɛləfənt]
名 大象

▷ I drew an **elephant**.
我畫了一隻大象。

延伸學習 句 Have a memory like an elephant.
有著像大象一樣的記憶（記憶很好）。

e·le·ven
[ɪ`lɛvn̩]
名 十一

▷ I go to sleep at **eleven**.
我十一點去睡覺。

else
[ɛls]
副 其他、另外

▷ What **else** can I do?
我還可以做什麼？

延伸學習 句 What else? 還有什麼？

e·mot·ion
[ɪ`moʃən]
名 情感

▷ Men tend to hide their **emotion**.
男人傾向隱藏他們的情感。

延伸學習 同 feeling 情感

em·pha·size
[`ɛmfəˌsaɪz]
動 強調

▷ The manager **emphasized** the importance of this project.
經理強調這個計劃的重要性。

延伸學習 同 stress 強調

em·ploy
[ɪm`plɔɪ]
動 從事、雇用

▷ We decided to **employ** an assistant.
我們決定要雇用一名助理。

延伸學習 同 hire 雇用

emp·ty
[`ɛmptɪ]
形 空的
動 倒空

▷ Give me an **empty** box.
給我個空箱。

延伸學習 同 vacant 空的

en·cour·age
[ɪnˋkɝɪdʒ]
動 鼓勵

> The teacher **encouraged** the students to discuss.
這老師鼓勵學生多討論。

延伸學習　同 inspire 激勵

end
[ɛnd]
名 結束、終點
動 結束、終止

> In the **end**, we lost everything.
最終，我們失去了所有。

延伸學習　反 origin 起

en·e·my
[ˋɛnəmɪ]
名 敵人

> The USA is regarded as an **enemy** for the Middle East.
對中東來說，美國被視為是敵人。

延伸學習　同 opponent 敵手

en·er·gy
[ˋɛnɚdʒɪ]
名 能量、精力

> My sweetheart gave me lots of **energy** to keep working.
我的甜心給我滿滿的能量，繼續工作。

延伸學習　同 strength 力量

en·gine
[ˋɛndʒən]
名 引擎

> There is some problem with the **engine**.
這台引擎有點問題。

en·gi·neer
[͵ɛndʒəˋnɪr]
名 工程師

> **Engineers** are usually busy.
工程師通常都很忙。

Eng·lish
[ˋɪŋglɪʃ]
形 英國的、英國人的
名 英語

> She loves the **English** man.
她喜歡那英國男人。

en·joy
[ɪnˋdʒɔɪ]
動 享受、欣賞

> I **enjoy** seeing a movie alone.
我享受一個人看電影。

延伸學習　同 appreciate 欣賞

e·nough
[ə`nʌf]
形 充足的、足夠的
名 足夠
副 夠、充足

▷ I have **enough** money.
我有足夠的錢。

片 Enough is enough.
夠了就是夠了（適可而止）。

同 sufficient 足夠的

en·ter
[`ɛntɚ]
動 加入、參加

▷ I **entered** a haunted house.
我進到一間鬼屋。

延伸學習 反 exit 退出

en·tire
[ɪn`taɪr]
形 全部的

▷ The **entire** crew welcomes his coming.
所有的機組人員歡迎他的到來。

延伸學習 反 partial 部分的

en·ve·lope
[`ɛnvəˌlop]
名 信封

▷ My parents gave me a red **envelope** on the Eve of Chinese New Year.
我爸媽在除夕時候給我紅包。

en·vi·ron·ment
[ɪn`vaɪrənmənt]
名 環境

▷ I don't want my children to be born in such a terrible **environment**.
我不想要我的孩子生在這麼糟糕的環境。

en·vy
[`ɛnvɪ]
名 羨慕、嫉妒
動 對……羨慕

▷ Everyone **envied** him of his basketball skills.
大家都羨慕他打籃球的球技。

延伸學習 片 be the envy of sb.
是令某人羨慕的對象

e·qual
[`ikwəl]
名 對手
形 相等的、平等的
動 等於、比得上

▷ One plus one **equals** two.
一加一等於二。

延伸學習 同 parallel 相同的

e·ras·er
[ɪˋresɚ]
名 橡皮擦

> May I borrow an **eraser**?
> 我可以借一個橡皮擦嗎？

er·ror
[ˋɛrɚ]
名 錯誤

> It was an accidental **error**.
> 這是意外的錯誤。

延伸學習　同 mistake 錯誤

es·pe·cial·ly
[əˋspɛʃəlɪ]
副 特別地

> The elder, **especially** men, suffer from this disease.
> 年長者，特別是男性，會受此種疾病所苦。

延伸學習　反 mostly 一般地

e·ven
[ˋivən]
形 平坦的、偶數的、相等的
副 甚至

> The road is **even**.
> 這條路很平。

延伸學習　同 smooth 平坦的

eve·ning
[ˋivnɪŋ]
名 傍晚、晚上

> In the **evening**, we take a walk.
> 我們在傍晚散步。

e·vent
[ɪˋvɛnt]
名 事件

> The 228 **event** is widely discussed in recent years.
> 228 事件近年來被廣泛的討論。

延伸學習　同 episode 事件

ev·er
[ˋɛvɚ]
副 曾經、永遠

> Have you **ever** been to Japan?
> 你曾經去過日本嗎？

延伸學習　反 never 不曾

ev·er·y
[ˋɛvrɪ]
形 每、每個

> **Every** child goes to school.
> 所有的孩子都會去學校。

延伸學習　反 none 一個也沒

e·vil
[`ivl]
形 邪惡的
名 邪惡

> Some businessmen are **evil**.
> 有些商人很邪惡。

ex·act
[ɪg`zækt]
形 正確的

> Tell me an **exact** number of the people attending the party.
> 告訴我要參加派對的正確人數。

延伸學習　同 precise 準確的

ex·am·ine
[ɪg`zæmɪn]
動 檢查、考試

> **Examine** the car's condition before you drive.
> 開車前檢查車子的狀況。

延伸學習　同 test 考試

ex·am·ple
[ɪg`zæmpl]
名 榜樣、例子

> Please give me an **example**.
> 請給我個例子。

延伸學習　同 instance 例子

ex·cel·lent
[`ɛkslənt]
形 最好的

> The students are **excellent**.
> 這些學生都很優秀。

延伸學習　同 admirable 極好的

**ex·cept/
ex·cept·ing**
[ɪk`sɛpt]/[ɪk`sɛptɪŋ]
介 除了……之外

> **Except** Mary, everyone likes Betty.
> 除了瑪莉之外，大家都喜歡貝蒂。

延伸學習　同 besides 除……之外

ex·cite
[ɪk`saɪt]
動 刺激、鼓舞

> The news **excited** many people.
> 這新聞鼓舞了很多人。

延伸學習　反 calm 使鎮定

ex·cuse
[ɪk`skjuz]
名 藉口
動 原諒

▶ Don't give me any **excuse**.
不要給我任何的藉口。

延伸學習　反 blame 責備

ex·er·cise
[`ɛksɚˌsaɪz]
名 練習
動 運動

▶ I want to do some more **exercise**.
我想要做更多的運動。

延伸學習　同 practice 練習

ex·ist
[ɪg`zɪst]
動 存在

▶ Do you believe that God **exists**?
你相信神的存在嗎？

延伸學習　同 be 存在

ex·it
[`ɛgzɪt]
名 出口
動 離開

▶ Where's the **exit** of the cinema?
這間電影院的出口在哪裡？

延伸學習　反 entrance 入口

ex·pect
[ɪk`spɛkt]
動 期望

▶ I didn't **expect** to meet you here.
我沒期望在這裡遇到你。

延伸學習　同 suppose 期望
其他詞性 expectation 期望

ex·pen·sive
[ɪk`spɛnsɪv]
形 昂貴的

▶ The apartment in Taipei is too
expensive for the young people.
台北的公寓對年輕人來說還是太貴了。

延伸學習　反 cheap 便宜的

ex·pe·ri·ence
[ɪk`spɪrɪəns]
名 經驗
動 體驗

▶ She has lots of **experience** in it.
對於這種事情她很有經驗。

延伸學習　同 occurrence 經歷、事件

ex·pert
[`ɛkspɚt]
形 熟練的
名 專家

> She's an **expert**.
> 她是專家。

延伸學習　反 amateur 業餘、外行

ex·plain
[ɪk`splen]
動 解釋

> Can I **explain**?
> 我可以解釋嗎？

ex·port
[ɪks`port]/[`ɛksport]
動 輸出
名 出口貨、輸出

> The country **exports** many dairy products.
> 這國家出口很多乳製品。

ex·press
[ɪk`sprɛs]
動 表達、說明

> I don't know how to **express** my appreciation.
> 我不知如何表達我的謝意。

延伸學習　同 indicate 表明

ex·tra
[`ɛkstrə]
形 額外的
副 特別地

> The **extra** charge is not reasonable.
> 額外的收費是不合理的。

延伸學習　同 additional 額外的

eye
[aɪ]
名 眼睛

> You have beautiful **eyes**.
> 你有雙漂亮的眼睛。

延伸學習　片 have an eye for sth.
對某物有鑒賞的眼光

🗨️ *Ff* ·········

face
[fes]
名 臉、面部
動 面對

> I washed my **face**.
> 我洗了臉。
>
> 延伸學習　🔄 look 外表

fact
[fækt]
名 事實

> Could you please tell me the **fact**?
> 你可以告訴我事實嗎？
>
> 延伸學習　🔄 In fact 事實上
> 　　　　　🔄 fiction 虛構

fac·to·ry
[ˈfæktərɪ]
名 工廠

> The **factories** are in Vietnam.
> 那些工廠現在在越南。
>
> 延伸學習　🔄 plant 工廠

fail
[fel]
動 失敗、不及格

> He **failed** many times before he
> succeeded.
> 在他成功之前失敗了很多次。
>
> 延伸學習　🔄 achieve 實現、達到

fail·ure
[ˈfeljə]
名 失敗、失策

> His **failure** is not surprising.
> 他的失敗並不意外。
>
> 延伸學習　🔄 success 成功

fair
[fɛr]
形 公平的、合理的
副 光明正大地

> It is not **fair**.
> 這不公平！
>
> 延伸學習　🔄 just 公正的

fall
[fɔl]
名 秋天、落下
動 倒下、落下

> **Fall** is coming.
> 秋天就要來了。
>
> 延伸學習　🔄 drop 落下、降下

false
[fɔls]
形 錯誤的、假的、虛偽的

It is a **false** belief.
這是個錯誤的信念。

延伸學習　反 correct 正確的

fa·mi·ly
[ˈfæməlɪ]
名 家庭

I have a happy **family**.
我有個幸福的家庭。

延伸學習　同 relative 親戚、親屬

fa·mous
[ˈfeməs]
形 有名的、出名的

Taiwan is **famous** for its night market.
台灣以夜市聞名。

fan
[fæn]
名 風扇、狂熱者
動 搧、搧動

I am a **fan** of Jolin Tsai.
我是蔡依琳的粉絲。

fan·cy
[ˈfænsɪ]
名 想像力、愛好
形 豪華的

A **fancy** dress is not to my taste.
裝飾繁複的洋裝不是我的風格。

far
[fɑr]
形 遙遠的、遠（方）的
副 遠方、朝遠處

Now, I am **far** from you.
現在我離你很遠。

延伸學習　同 distant 遠的

farm
[fɑrm]
名 農場、農田
動 耕種

I have a **farm**.
我有一座農場。

延伸學習　同 ranch 大農場

farm·er
[ˈfɑrmɚ]
名 農夫

The **farmer** grows rice.
那位農夫種米。

fash·ion·a·ble
[ˈfæʃənəbl]
形 流行的、時髦的

> Is her hat **fashionable**?
> 她的帽子時髦嗎？

fast
[fæst]
形 快速的
副 很快地

> He came back **fast**.
> 他很快就回來了。
>
> 延伸學習　反 slow 緩慢的

fat
[fæt]
形 肥胖的
名 脂肪

> He is too **fat**.
> 他太胖了。
>
> 延伸學習　反 thin 瘦的

fa·ther
[ˈfɑðə]
名 父親

> My **father** is tall.
> 我的爸爸很高。
>
> 延伸學習　反 mother 母親

fau·cet/tap
[ˈfɔsɪt]/[tæp]
名 水龍頭

> May I have some **tap** water?
> 可以給我一點生飲水嗎？
>
> 延伸學習　片 tap water 生飲水

fault
[fɔlt]
名 責任、過失
動 犯錯

> It is not my **fault**.
> 這不是我的過失。
>
> 延伸學習　同 error 過失

fa·vor
[ˈfevə]
名 喜好
動 贊成

> The professor didn't evaluate my essay with **favor**.
> 那位教授不喜好我的文章。
>
> 延伸學習　片 give a favor 幫忙

fa·vor·ite
[ˈfevərɪt]
形 最喜歡的

> My **favorite** color is red.
> 我最喜歡的顏色是紅色。
>
> 延伸學習　同 precious 珍愛的

fear
[fɪr]
名 恐怖、害怕
動 害怕、恐懼

> The **fear** makes her cry.
> 那種恐懼讓她哭了。

延伸學習　同 fright 恐怖

Feb·ru·ar·y/Feb.
[ˈfɛbrʊˌɛrɪ]
名 二月

> Chinese New Year is in **February**.
> 農曆過年通常在二月。

fee
[fi]
名 費用

> The **fee** is too high.
> 這費用太高了。

延伸學習　同 fare 費用

feed
[fid]
動 餵

> Don't **feed** the dog chocolate.
> 不要餵狗吃巧克力。

延伸學習　同 nourish 滋養

feel
[fil]
動 感覺、覺得

> I can **feel** you.
> 我可以感覺到你。

延伸學習　同 experience 經歷、感受

feel·ing
[ˈfilɪŋ]
名 感覺、感受

> I forgot to take care of my friend's **feelings**.
> 我忘記關照我朋友的感覺。

延伸學習　同 sensation 感受

fe·male
[ˈfimel]
形 女性的
名 女性

> The book is not friendly to **female** readers.
> 這本書對女性讀者不太友善。

延伸學習　同 feminine 女性的

fence
[fɛns]
名 籬笆、圍牆
動 防衛、防護

> The wolf jumped over the **fence** and ate the chicken.
> 狼越過籬笆還吃了雞。

fes·ti·val
['fɛstəvl̩]
名 節日

▶ We eat rice dumplings on Dragon Boat **Festival**.
我們在端午節吃粽子。

延伸學習　⊕ Moon Festival 中秋節
　　　　　⊜ holiday 節日

fe·ver
['fivɚ]
名 發燒、熱、入迷

▶ I didn't go to school because I had a **fever** yesterday.
我昨天發燒了，所以沒去學校。

few
[fju]
形 少的
名（前面與 a 連用）少數、幾乎

▶ **Few** people know about the event.
很少人知道這活動。

延伸學習　⊘ many 許多

field
[fild]
名 田野、領域

▶ The farmers are in the **field** of flowers.
農夫在花田裡。

fif·teen
['fɪfətin]
名 十五

▶ I have **fifteen** dollars.
我有十五塊錢。

fif·ty
['fɪftɪ]
名 五十

▶ What will we become in **fifty** years?
五十年後的我們會變成怎樣？

fight
[faɪt]
名 打仗、爭論
動 打仗、爭論

▶ I don't want to **fight** with you.
我不想跟你爭論。

延伸學習　⊜ quarrel 爭吵

fig·ure
[ˈfɪgjɚ]
名 人影、畫像、數字
動 演算

> There was a **figure** at the corner.
> 在轉角處有個人影。

延伸學習　⊟ figure out 找出答案
　　　　　⊜ symbol 數字、符號

fill
[fɪl]
動 填空、填滿

> Please **fill** in the blanks.
> 請填好表單。

延伸學習　⊠ empty 倒空

film
[fɪlm]
名 電影、膠捲

> The **film** is interesting.
> 這部電影很有趣。

延伸學習　⊜ cinema 電影

fi·nal
[ˈfaɪnl]
形 最後的、最終的

> The **final** exam is coming.
> 期末考要來了

延伸學習　⊠ initial 最初的

find
[faɪnd]
動 找到、發現

> I will **find** you.
> 我會找到你。

fine
[faɪn]
形 美好的
副 很好地
名 罰款
動 處以罰金

> I am **fine**.
> 我沒事。

延伸學習　⊜ nice 好的

fin·ger
[ˈfɪŋgɚ]
名 手指

> Her **fingers** are long.
> 她的手指很長。

延伸學習　⊠ toe 腳趾

fin·ish
[ˈfɪnɪʃ]
名 完成、結束
動 完成、結束

> I will **finish** my work soon.
> 我很快就要完成我的工作了。

延伸學習　⊜ complete 完成

fire
[faɪr]
名 火
動 射擊、解雇、燃燒

> Most animals are afraid of **fire**.
> 大部分的動物怕火。
>
> 延伸學習　片 build a fire 生火
> 　　　　　　同 dismiss 解雇

firm
[fɝm]
形 堅固的
副 牢固地
名 公司

> The castle is **firm**.
> 這座城很堅固。
>
> 延伸學習　同 enterprise 公司

first
[fɝst]
名 第一、最初
形 第一的
副 首先、最初、第一

> I got the **first** prize.
> 我得到第一名。
>
> 延伸學習　片 First prize 第一名
> 　　　　　　反 last 最後的

fish
[fɪʃ]
名 魚、魚類
動 捕魚、釣魚

> I love to eat **fish**.
> 我喜歡吃魚。
>
> 延伸學習　片 have bigger fish to fry
> 　　　　　　　有更重要的事要做

fish·er·man
[ˈfɪʃəmən]
名 漁夫

> The **fisherman** caught lots of fish.
> 這漁夫捕了很多的魚。

fit
[fɪt]
形 適合的
動 適合
名 適合

> It doesn't **fit** me well.
> 這不太適合我。
>
> 延伸學習　同 suit 適合

five
[faɪv]
名 五

> My grandparents have **five** children.
> 我祖父母有五個小孩。

第 4 階段　101

fix
[fɪks]
動 使穩固、修理

▷ Could you please **fix** my car?
你可以幫我修車嗎？
延伸學習 同 repair 修理

flag
[flæg]
名 旗、旗幟

▷ The American **flag** has three colors: red, white, and blue.
美國國旗有三種顏色：紅色、白色，和藍色。
延伸學習 同 banner 旗、橫幅

flash·light/flash
[ˋflæʃˌlaɪt]/[flæʃ]
名 手電筒、閃光

▷ We go to the cave with **flashlights**.
我們拿著手電筒進山洞。
延伸學習 同 lantern 燈籠

flat
[flæt]
名 平的東西、公寓
形 平坦的

▷ We moved to a **flat** in Taipei.
我們搬到位於台北的一間公寓。

flight
[flaɪt]
名 飛行

▷ Wish you a safe **flight**.
祝你搭機平安。

floor
[flor]
名 地板、樓層

▷ We live on the second **floor**.
我們住在二樓。
延伸學習 反 ceiling 天花板

flour
[flaʊr]
名 麵粉
動 撒粉於

▷ We need **flour** to make a cake.
我們需要麵粉做蛋糕。

flow
[flo]
動 流出、流動
名 流程、流量

▷ The milk **flew** out of the bottle.
牛奶流出瓶子了。
延伸學習 同 stream 流動

flow·er
[`flaʊɚ]
名 花

> He gave her a bouquet of **flowers**.
> 他給了她一束花。

flu
[flu]
名 流行性感冒

> My son **catches** the flu easily.
> 我的兒子很容易得到流行性感冒。
> 延伸學習 片 catch the flu 得到流感

flute
[flut]
名 橫笛、用笛吹奏

> I have learned to play the **flute**
> since I was ten.
> 我從十歲就開始學吹橫笛。

fly
[flaɪ]
名 蒼蠅、飛行
動 飛行、飛翔

> There are two **flies** on the meat.
> 這塊肉上面有兩隻蒼蠅。

fo·cus
[`fokəs]
名 焦點、焦距
動 使集中在焦點、集中

> Don't **focus** too much on
> appearance.
> 不要把太多注意力放在外表上。
> 延伸學習 片 focus on 把焦點放在……
> 同 concentrate 集中

fog
[fɑg]
名 霧

> There is always **fog** in London.
> 倫敦總是有霧。

fol·low
[`falo]
動 跟隨、遵循、聽得懂

> Just **follow** me.
> 跟著我就是了。
> 延伸學習 同 trace 跟蹤

fol·low·ing
[`faloɪŋ]
名 下一個
形 接著的

> The **following** questions will be
> discussed next week.
> 接下來的問題會在下周討論。
> 延伸學習 同 next 下一個

food
[fud]
名 食物

▶ Please give me some **food**.
請給我一些食物。

fool
[ful]
名 傻子
動 愚弄、欺騙

▶ Love is not time's **fool**.
愛情不受時間的戲弄。
延伸學習　同 trick 戲弄

fool·ish
[`fulıʃ]
形 愚笨的、愚蠢的

▶ You might think that he is **foolish**, but actually he is very wise.
你可能會認為他很愚蠢，但事實上他是非常有智慧的。
延伸學習　反 wise 聰明的

foot
[fut]
名 腳

▶ I hurt my **foot**.
我傷到了腳。

foot·ball
[`fut͵bɔl]
名 足球、橄欖球

▶ He teaches kids to play **football**.
他教孩子們踢足球。

for
[fɔr]
介 為、因為、對於
連 因為

▶ This gift is just **for** you.
這禮物只給你一個人的。
延伸學習　同 as 因為

force
[fors]
名 力量、武力
動 強迫、施壓

▶ Don't **force** me!
不要強迫我。
延伸學習　同 compel 強迫

for·eign
[`fɔrɪn]
形 外國的

▶ I love to visit **foreign** countries.
我喜歡去國外。
延伸學習　反 native 本土的

for·eign·er
[ˈfɔrɪnɚ]
名 外國人

> Many **foreigners** don't like the smell of stinky tofu.
> 很多外國人不喜歡臭豆腐的味道。

for·est
[ˈfɔrɪst]
名 森林

> It is dangerous to go to the **forest**.
> 去森林很危險。

延伸學習　同 wood 森林

for·get
[fɚˈgɛt]
動 忘記

> I **forgot** to bring my key.
> 我忘記帶鑰匙了。

延伸學習　反 remember 記得

for·give
[fɚˈgɪv]
動 原諒、寬恕

> It is not so easy to **forgive** and forget.
> 既往不咎不是那麼容易的。

延伸學習　反 punish 處罰

fork
[fɔrk]
名 叉

> I prefer to use a **fork**.
> 我比較想用叉子。

form
[fɔrm]
名 形式、表格
動 形成

> Do you know what **form** you should give me?
> 你知道你要交給我什麼表格嗎？

延伸學習　同 construct 構成

for·mal
[ˈfɔrml]
形 正式的、有禮的

> We don't usually say that in **formal** English.
> 在正式的英文中，我們通常不會這樣說。

for·mer
[ˈfɔrmɚ]
形 以前的、先前的

> His success is the result of the contribution of the **former**.
> 他的成功是前人努力的結果。

延伸學習　反 present 現在的

for·ty
[ˈfɔrtɪ]
名 四十

▶ We have **forty** people on this bus.
這台公車上有四十個人。

單字技巧練習題
學單字要有技巧，完成以下單字大題吧。

A. 反義字記單字：閱讀句子，並留意劃底線的單字。看看框中的
　　單字，選出相對應的反義字。

_____ 1. The evil stepmother asked the girl to do all the house
　　　　　work and didn't allow her to attend the party.
　　　　　a. wicked　　　　b. kind　　　　c. mean

_____ 2. Mozart is a famous musician. It is said that he could
　　　　　play piano when he was four.
　　　　　a. ordinary　　　　b. well-known　c. important

_____ 3. Some people were cheating when they took the exam.
　　　　　If they pass the exam, who would believe that the
　　　　　exam was fair?
　　　　　a. proper　　　　b. unfair　　　　c. lawful

B. 分類法記單字：把與主題相關的詞彙填入正確的框裡。

example, famous, evil, fair, find, food, energy

動詞	名詞	形容詞

C. 前後文線索記單字：看看空格前後文，把最符合句意的單字填進空格。

fight, energy, envy, fail, especially, fair, find, exercise

1. Children seem to have lots of _____ when they are not sleeping. They laugh out loud and play different kinds of games happily.

2. Take care of your brothers and sisters, _____ little Jimmy. He likes play tricks on adults. Be careful.

3. Is it strange that my cat _____ with my pet dog every day? Cats and dogs are enemies.

4. Ted _____ math this time. His parents were mad at him.

5. Your sister looks gorgeous! I _____ her. She looks just like a queen.

6. A: Johnson did nothing for the drama contest, yet Miss Huang praised him highly. Is It _____ ?

B: Calm down. Maybe Johnson did do something important for this contest.

7. Do this weight-lifting _____ every day for a month. You'll find you're getting stronger and stronger.

8. The mother bear finally _____ her baby after a long journey. Luckily, her baby was still safe and sound.

第5階段 FG

單字練習題：問答聯想圖，以聯想法記單字、
　　　　　　找字母記單字、反義字記單字、
　　　　　　前後文線索記單字

第 5 階段 音檔雲端連結

因各家手機系統不同，若無法直接
掃描，仍可以至以下電腦雲端連結
下載收聽。
（https://tinyurl.com/52ez8875）

Ff ....

for·ward
['fɔrwəd]
形 向前的
名 前鋒
動 發送

▷ I am looking **forward** to seeing you.
我很期待見到你。

延伸學習 片 look forward to 期待
同 send 發送

four
[fɔr]
名 四

▷ We have walked for **four** hours.
我們已經走了四個小時了。

four·teen
['fɔr'tin]
名 十四

▷ I have known him since I was **fourteen**.
我從十四歲就認識他。

fox
[fɑks]
名 狐狸、狡猾的人

▷ A **fox** is considered smart in many cultures.
在許多文化中都把狐狸視為是聰明的。

frank
[fræŋk]
形 率直的、坦白的

▷ I like her because she's **frank**.
我很喜歡她，因為她很率直。

延伸學習 同 sincere 真誠的

free
[fri]
形 自由的、免費的
動 釋放、解放

▷ You are **free** now.
你現在自由了。

延伸學習 片 feel free 感到自在
同 release 解放

free·dom
['fridəm]
名 自由、解放、解脫

▷ People need to have the **freedom** to say whatever they want.
人們需要有言論自由。

延伸學習 同 liberty 自由

free·zer
[ˈfrizɚ]
名 冰箱、冷凍庫

> There is no **freezer** in the hostel.
> 這家青年旅館沒有冰箱。

延伸學習　同 refrigerator 冰箱

fresh
[frɛʃ]
形 新鮮的、無經驗的、淡（水）的

> I need some **fresh** air.
> 我需要一點新鮮的空氣。

延伸學習　反 stale 不新鮮的

Fri·day/Fri.
[ˈfraɪˌde]
名 星期五

> On **Friday**, we usually go shopping.
> 星期五我們通常會去購物。

friend
[frɛnd]
名 朋友

> I made a lot of **friends** in college.
> 我在大學交了很多朋友。

延伸學習　片 make friends 交朋友
　　　　　反 enemy 敵人

friend·ly
[ˈfrɛndlɪ]
形 友善的、親切的

> The environment is **friendly** to children.
> 這環境對孩子是很友善的。

延伸學習　同 kind 親切的

friend·ship
[ˈfrɛndʃɪp]
名 友誼、友情

> Our **friendship** has lasted more than a decade.
> 我們的友情超過十年了。

fright·en
[ˈfraɪtn̩]
動 震驚、使害怕

> I was **frightened** by the news.
> 我被這新聞嚇到。

延伸學習　同 scare 使恐懼

frog
[frɑg]
名 蛙

> The **frogs** sing loudly.
> 青蛙大聲地唱歌。

from
[frɑm]
介 從、由於

> I am **from** Taiwan.
> 我來自台灣。

front
[frʌnt]
名 前面
形 前面的

> Open the **front** door.
> 打開前門。
>
> 延伸學習　反 rear 後面、背後

fruit
[frut]
名 水果

> My favorite **fruit** is the strawberry.
> 我最喜歡的水果是草莓。

fry
[fraɪ]
動 油炸、炸

> I love **fried** dumplings.
> 我喜歡鍋貼。

full
[fʊl]
形 滿的、充滿的

> The family is **full** of love.
> 這是一個充滿愛的家庭。
>
> 延伸學習　片 full of ... 充滿……
>   反 empty 空的

fun
[fʌn]
名 樂趣、玩笑

> Learning English can be **fun**.
> 學英文可以是有趣的。
>
> 延伸學習　同 amusement 樂趣

func·tion
[ˈfʌŋkʃən]
名 功能、作用

> What's the **function** of the machine?
> 這台機器的功能是什麼？

fun·ny
[ˈfʌnɪ]
形 滑稽的、有趣的

> Your joke is not **funny** at all.
> 你的笑話一點也不好笑。
>
> 延伸學習　同 humorous 滑稽的

fur·ni·ture
[ˈfɝnɪtʃɚ]
名 傢俱、設備

> The style of the **furniture** shows the personality of the host.
> 家具風格顯露出主人的性格。

fur·ther
[ˈfɝðɚ]
副 更進一步地
形 較遠的
動 助長

> Could you tell me **further** about that?
> 你可以更進一步的跟我說明那件事嗎？

fu·ture
[ˈfjutʃɚ]
名 未來、將來

> What's your **future** plan?
> 你未來的計畫是什麼？
>
> 延伸學習　反 past 過往

✿ *Gg* ....

gain
[gen]
動 得到、獲得
名 得到、獲得

> I **gained** lots of weight during the New Year.
> 我在新年期間胖了好幾公斤。
>
> 延伸學習　片 No pain, no gain.
> 　　　　　沒有付出，就沒有收穫。
> 　　　　同 obtain 得到

game
[gem]
名 遊戲、比賽

> The **game** is over.
> 遊戲結束了。
>
> 延伸學習　同 contest 比賽

ga·rage
[gəˈrɑdʒ]
名 車庫

> I bought a house with a **garage**.
> 我買了間有車庫的房子。

gar·bage
[ˈgɑrbɪdʒ]
名 垃圾

> The **garbage** smells terrible.
> 這垃圾聞起來很可怕。

gar·den
['gɑrdn̩]
名 花園

> I love the **garden** in UK.
> 我喜歡英國的花園。

gas·o·line/
gas·o·lene/gas
['gæsl̩‚in]/[‚gæsl̩`in]/[gæs]
名 汽油

> We are running out of **gasoline**.
> 我們快要沒有汽油了。
>
> 延伸學習　同 petroleum 石油
> 　　　　　　片 running out of gas 沒油

gate
[get]
名 門、閘門、登機門

> Where is the **gate**?
> 登機門在哪裡啊？

gath·er
['gæðɚ]
動 集合、聚集

> I **gathered** the peaches from the tree.
> 我從樹上採摘桃子。
>
> 延伸學習　同 collect 收集

gen·er·al
['dʒɛnərəl]
名 將領、將軍
形 普遍的、一般的

> The **general**'s decision caused the cruel war.
> 這將軍的決定造成了這場殘酷的戰爭。

gen·er·ous
['dʒɛnərəs]
形 慷慨的、大方的、寬厚的

> The girl who gives me food is very **generous**.
> 這個給我食物的女孩很慷慨。
>
> 延伸學習　反 harsh 嚴厲的

gen·tle·man
['dʒɛntl̩mən]
名 紳士、家世好的男人

> Ladies and **gentlemen**, please pay attention.
> 各位先生女士，請注意。

ge·og·ra·phy
[dʒi`ɑgrəfɪ]
名 地理（學）

> He is good at **geography**.
> 他的地理很好。

ges·ture
[ˈdʒɛstʃɚ]
名 手勢、姿勢
動 打手勢

> When I make a **gesture**, please come to help me.
> 當我對你比手勢時，請來幫我。

延伸學習　片 make a gesture 打手勢

get
[gɛt]
動 獲得、成為、到達

> I want to **get** a good grade.
> 我想要取得好成績。

延伸學習　同 obtain 獲得

ghost
[gost]
名 鬼、靈魂

> I am afraid of **ghosts**.
> 我怕鬼。

延伸學習　同 soul 靈魂

gi·ant
[ˈdʒaɪənt]
名 巨人
形 巨大的、龐大的

> The trees in this mountain are **giant**.
> 這座山的樹很巨大。

延伸學習　同 huge 巨大的

gift
[gɪft]
名 禮物、天賦

> Thank you for your **gift**.
> 謝謝你的禮物。

延伸學習　同 present 禮物

girl
[gɝl]
名 女孩

> **Girls** are taught to be **girls**.
> 女孩是被教成女孩的。

延伸學習　反 boy 男孩

give
[gɪv]
動 給、提供、捐助

> I **gave** her my phone number.
> 我給了她的號碼。

延伸學習　反 receive 接受

glad
[glæd]
形 高興的

> I am so **glad** to see you here.
> 很高興在這邊遇到你。

延伸學習　同 joyous 高興的

glass
[glæs]
名 玻璃、玻璃杯

> I need a **glass** of water.
> 我要一杯水。

延伸學習 同 pane 窗戶玻璃片

glove (s)
[glʌv(z)]
名 手套

> I gave him a pair of **gloves** as a
> Christmas gift.
> 我送他一副手套當作聖誕禮物。

glue
[glu]
名 膠水、黏膠
動 黏、固著

> I **glued** the stamp on the envelope.
> 我把郵票黏在信封上。

go
[go]
動 去、走

> I am **going** to school now.
> 我正要去學校。

延伸學習 反 stay 留下

goal
[gol]
名 目標、終點

> My **goal** is winning the first prize.
> 我的目標是得到第一名。

延伸學習 同 destination 終點

goat
[got]
名 山羊

> **Goat** milk is good to drink.
> 羊奶好喝。

god/god·dess
[gɑd]/[ˈgɑdɪs]
名 神 / 女神

> She's like a **goddess** to me.
> 她對我來說就像女神。

gold
[gold]
形 金的
名 金子

> This ring is made of **gold**.
> 這戒指是金子做的。

gold·en
[ˋgoldn̩]
形 金色的、黃金的

> His **golden** hair is charming.
> 他金色的頭髮很迷人。

golf
[gɔlf]
名 高爾夫球
動 打高爾夫球

> Would you like to play **golf** with me?
> 你可以陪我打高爾夫球嗎？

good
[gʊd]
形 好的、優良的
名 善、善行

> Johnny is a **good** student.
> 強尼是好學生。
>
> 延伸學習　同 fine 好的

**good-bye/
good·bye/good-
by/good·by/
bye·bye/bye**
[gʊdˋbaɪ]/[gʊdˋbaɪ]/
[gʊdˋbaɪ]/[ˋbaɪˌbaɪ]/[baɪ]
名 再見

> Never say **goodbye**.
> 不要對我說再見。

goose
[gus]
名 鵝

> I saw a lot of **geese** on the pond.
> 我看到池塘上有很多鵝。

gov·ern·ment
[ˋgʌvɚnmənt]
名 政府

> The whole world is watching the next step of the **government**.
> 全世界都在關注這個政府的下一步。
>
> 延伸學習　同 administration 政府

grade
[gred]
名 年級、等級

My son is at the first **grade** now.
我的兒子現在一年級。

gram
[græm]
名 公克

It's 100 **grams**.
這個一百公克。

grand
[grænd]
形 宏偉的、大的、豪華的

This building is **grand**.
這座建築物很雄偉。
延伸學習 同 large 大的

grand·daugh·ter
['grænd͵dɔtɚ]
名 孫女、外孫女

His **granddaughter** is pretty.
他的孫女很漂亮。

**grand·fath·er/
grand·pa**
['grænd͵faðɚ]/['grændpɑ]
名 祖父、外祖父

I gradually understand what my
grandfather said.
我漸漸明白祖父所說的。

**grand·moth·er/
grand·ma**
['grænd͵mʌðɚ]/
['grænd͵mʌ]
名 祖母、外祖母

My **grandmother** always sings a
song to me.
祖母總是唱歌給我聽。

grand·son
['grænd͵sʌn]
名 孫子、外孫

His mother is stricter to his
grandson.
祖母對孫子比嚴格。

grape
[grep]
名 葡萄、葡萄樹

I want to eat **grapes**.
我想要吃葡萄。

grass
[græs]
名 草

> The **grass** is so green.
> 這草很綠。

延伸學習　同 lawn 草坪

gray/grey
[gre]/[gre]
名 灰色
形 灰色的、陰沉的

> The sky is **gray**.
> 天空好灰。

great
[gret]
形 大量的、很好的、偉大
　的、重要的

> They made a **great** amount of
> money.
> 他們賺很多錢。

延伸學習　片 a great amount 很多
　　　　　同 outstanding 突出的、傑出的

greed·y
[`gridɪ]
形 貪婪的

> How could you say those poor kids
> are **greedy**?!
> 你怎麼能說那些貧窮的小孩貪婪？！

green
[grin]
形 綠色的
名 綠色

> **Green** apples are tasty.
> 青蘋果很好吃。

greet
[grit]
動 迎接、問候

> We **greeted** the teacher this
> morning.
> 我們今天早上有跟老師打招呼。

延伸學習　同 hail 招呼

ground
[graʊnd]
名 地面、土地

> He fell down on the **ground**.
> 他跌在地板上。

延伸學習　同 surface 表面

group
[grup]
名 團體、組、群
動 聚合、成群

> The **group** of students was angry.
> 那群學生很生氣。

延伸學習　同 gather 收集

grow
[gro]
動 種植、生長

> Some boys never **grow** up.
> 有些男孩永遠不會長大。

延伸學習　片 grow up 長大
　　　　　同 mature 變成熟、長成

growth
[groθ]
名 成長、發育

> The **growth** of children makes parents satisfied.
> 孩子的成長讓家長很滿意。

延伸學習　同 progress 進步

guard
[gɑrd]
名 警衛
動 防護、守衛

> The **guard** stopped us.
> 警衛攔住了我們。

gua·va
[ˋgwɑvə]
名 芭樂

> The **guava** is rich in vitamin C.
> 芭樂富含維他命 C。

guess
[gɛs]
名 猜測、猜想
動 猜測、猜想

> **Guess** what I cooked.
> 猜看看我煮了什麼。

延伸學習　片 Guess what! 猜猜看！
　　　　　同 suppose 猜測、認為

guest
[gɛst]
名 客人

> He is my **guest**.
> 他是我的客人。

延伸學習　反 host 主人、東道主

guide
[gaɪd]
名 引導者、指南、嚮導
動 引導、引領

▷ I need a **guide**.
我需要一個嚮導。

延伸學習　同 lead 引導

gui·tar
[gɪˋtɑr]
名 吉他

▷ The boy playing the **guitar** attracts many girls.
那個彈著吉他的男孩吸引了很多女孩。

gun
[gʌn]
名 槍、砲

▷ People can't use **guns** in Taiwan.
在台灣，人們不可以使用槍。

guy
[gaɪ]
名 傢伙

▷ The **guy** is not polite to me.
那傢伙對我很不禮貌。

gymnasium/gym
[dʒɪmˋnezɪəm]
名 體育館、健身房

▷ We'll have PE class in the **gymnasium/gym**.
我們會在體育館上體育課。

✿ *Hh*

hab·it
[ˋhæbɪt]
名 習慣

▷ Getting up early becomes my **habit**.
早起已經變成我的習慣了。

hair
[hɛr]
名 頭髮

▷ I love the color of your **hair**.
我喜歡你頭髮的顏色。

hair·cut
[ˋhɛrˏkʌt]
名 理髮

▷ You need to have a **haircut**.
你需要剪頭髮。

half
[hæf]
形 一半的
副 一半地
名 半、一半

> **Half** of my classmates are teachers now.
> 我有一半的同學現在都是老師。
>
> 延伸學習　片 Half of 一半

ham
[hæm]
名 火腿

> I have **ham** for breakfast.
> 我早上吃火腿當早餐。

ham·burg·er/ burg·er
[`hæmbɝgɚ]/[`bɝgɚ]
名 漢堡

> I ate lots of **hamburgers** in the USA.
> 我在美國吃了很多的漢堡。

ham·mer
[`hæmɚ]
名 鐵鎚
動 鎚打

> I use a **hammer** and nails to fix the table.
> 我用鐵鎚還有釘子修這張桌子。

hand
[hænd]
名 手
動 遞交

> His **hands** are big.
> 他的手很大。
>
> 延伸學習　片 Give me a hand. 幫幫我。
> 　　　　　　反 foot 腳

hand·ker·chief
[`hæŋkətʃɪf]
名 手帕

> The lady wiped her tear with a **handkerchief**.
> 那位女士用手帕擦拭淚水。

han·dle
[`hændl̩]
名 把手
動 觸、手執、管理、對付

> Could you **handle** the problem by yourself?
> 你可以獨自處理這問題嗎？
>
> 延伸學習　同 manage 管理

hand·some
[ˈhænsəm]
形 英俊的

> The Korean actor is very **handsome**!
> 這個韓國演員好帥喔！
>
> 延伸學習　同 attractive 吸引人的

hang
[hæŋ]
動 吊、掛

> I am **hanging** the clothes.
> 我正在把衣服掛上。
>
> 延伸學習　片 hang out 閒逛
> 　　　　　同 suspend 吊、掛

hap·pen
[ˈhæpən]
動 發生、碰巧

> Something **happened** yesterday.
> 昨天發生了點事。
>
> 延伸學習　片 What happened? 發生什麼事？
> 　　　　　同 occur 發生

hap·py
[ˈhæpɪ]
形 快樂的、幸福的

> I am so **happy** to see you again.
> 我好高興可以再見到你。
>
> 延伸學習　反 sad 悲傷的
> 　　　　　其他詞性 happily 快樂地

hard
[hɑrd]
形 硬的、難的
副 努力地

> It's **hard** to say goodbye.
> 說再見很難。
>
> 延伸學習　同 stiff 硬的

hard·ly
[ˈhɑrdlɪ]
副 勉強地、僅僅

> **Hardly** can I hear you.
> 我幾乎不能聽到你說話。
>
> 延伸學習　同 barely 僅僅

hat
[hæt]
名 帽子

> I need to buy a **hat**.
> 我要買一頂帽子。
>
> 延伸學習　同 cap 帽子

hate
[het]
名 憎恨、厭惡
動 憎恨、不喜歡

> I **hate** to be cheated.
> 我討厭被欺騙。

延伸學習　反 love 愛、愛情

have
[hæv]
助 已經
動 吃、有

> I **have** seen you before.
> 我曾經看過你。

he
[hi]
代 他

> **He** is just a boy.
> 他只是個男孩。

head
[hɛd]
名 頭、領袖
動 率領、朝某方向行進

> He hit my **head**.
> 他打了我的頭。

延伸學習　同 lead 引導

health
[hɛlθ]
名 健康

> **Health** is more important than wealth.
> 健康比財富重要。

heal·thy
[ˈhɛlθɪ]
形 健康的

> Live a **healthy** life.
> 過著健康的生活。

hear
[hɪr]
動 聽到、聽說

> I **heard** a strange sound.
> 我聽到一個奇怪的聲音。

延伸學習　同 listen 聽

heart
[hɑrt]
名 心、中心、核心

> My **heart** was broken.
> 我心都碎了。

延伸學習　片 heart-broken 心碎的
　　　　　同 nucleus 核心

heat
[hit]
名 熱、熱度
動 加熱

> The **heat** of the oven is 750 degrees.
> 烤箱溫度是 750 度。

延伸學習　反 chill 寒氣

heat·er
[ˈhitɚ]
名 加熱器

> We need a **heater** in winter.
> 我們在冬天會需要一個加熱器（暖氣機）。

heav·y
[ˈhɛvɪ]
形 重的、猛烈的、厚的

> The **heavy** rain caused the traffic jam.
> 這陣大雨造成交通癱瘓。

延伸學習　片 heavy rain 大雨
　　　　　反 light 輕的

height
[haɪt]
名 高度

> The **height** of the basketball player is unbelievable.
> 這籃球球員的身高讓人難以置信。

hel·lo
[həˈlo]
感 哈囉（問候語）、喂（電話應答語）

> Say **hello** to the guests.
> 跟客人說哈囉。

help
[hɛlp]
名 幫助
動 幫助

> Could you please **help** me?
> 你可以幫我嗎？

延伸學習　同 aid 幫助

help·ful
[ˈhɛlpfəl]
形 有用的

> The book is quite **helpful** for a starter.
> 這本書對於像初學者來說很有幫助。

延伸學習　同 useful 有用的

hen
[hɛn]
名 母雞

> The **hen** is laying eggs.
> 這隻母雞正在孵蛋。

her
[hɝ]
代 她的

> **Her** mother is young.
> 她的媽媽很年輕。

here
[hɪr]
名 這裡
副 在這裡、到這裡

> **Here** comes a bus.
> 有一台公車來了。
>
> 延伸學習 反 there 那裡

he·ro/her·o·ine
['hɪro]/['hɛroˌɪn]
名 英雄、勇士／女傑、女英雄

> The **hero** saved our life!
> 這位英雄救了我們的性命。

hIde
[haɪd]
動 隱藏

> You can't **hide** the truth forever.
> 你不可能永遠隱藏著真相。
>
> 延伸學習 同 conceal 隱藏

high
[haɪ]
形 高的
副 高度地

> This mountain is so **high**.
> 這座山好高。
>
> 延伸學習 反 low 低的

high·way
['haɪˌwe]
名 公路、大路

> You can't ride onto the **highway**.
> 你不可以騎上高速公路。
>
> 延伸學習 同 road 路

hike
[haɪk]
名 徒步旅行、健行

> We will go **hiking** this weekend.
> 我們這周末要去健行。
>
> 延伸學習 片 go hiking 健行

hill
[hɪl]
名 小山

> They live on the **hills**.
> 他們住在山丘上。

延伸學習　同 mound 小丘

him
[hɪm]
代 他

> She didn't love **him** anymore.
> 她不愛他了。

hip
[hɪp]
名 臀部、屁股

> The pants are a bit tight across the **hips**.
> 褲子在臀部的地方滿緊的。

延伸學習　片 hip-hop 嘻哈音樂

hip·po·pot·a·mus/ hip·po
[ˌhɪpəˋpɑtəməs]/[ˋhɪpo]
名 河馬

> There are many **hippopotamuses** in the river.
> 這條河裡有很多的河馬。

hire
[haɪr]
動 雇用、租用
名 雇用、租金

> My mother **hired** a babysitter when I was little.
> 小時候，媽媽雇用了一名保母。

延伸學習　同 employ 雇用

his
[hɪz]
代 他的、他的東西

> **His** bag is always heavy.
> 他的包包很重。

his·to·ry
[ˋhɪstərɪ]
名 歷史

> I studied the **history** of Taiwan.
> 我讀台灣史。

hit
[hɪt]
名 打、打擊
動 打、打擊

> Don't **hit** the dog.
> 不要打那隻狗。

延伸學習　片 hit the road 出發
　　　　　　同 strike 打、打擊

hob·by
['hɑbɪ]
名 興趣、嗜好

> What's your **hobby**?
> 你的興趣是什麼？

延伸學習 同 pastime 娛樂

hold
[hold]
動 握住、拿著、持有
名 把握、控制

> **Hold** the pen.
> 握住筆。

延伸學習 片 Hold on. 等一下，不要掛電話。
同 grasp 抓緊、緊握

hole
[hol]
名 孔、洞

> There is a **hole** on the wall.
> 牆上有一個洞。

延伸學習 同 gap 裂口

hol·i·day
['hɑlə‚de]
名 假期、假日

> What do you want to do in the **holiday**?
> 你假日要做什麼呢？

延伸學習 反 weekday 工作日、平常日

home
[hom]
名 家、家鄉
形 家的、家鄉的
副 在家、回家

> I will go **home** this weekend.
> 我這禮拜要回家。

延伸學習 同 dwelling 住處

home·sick
['hom‚sɪk]
形 想家的、思鄉的

> I was **homesick** when I was in the USA.
> 我在美國的時候很想家。

home·work
['hom‚wɝk]
名 家庭作業

> Do your **homework**.
> 做你的功課。

延伸學習 同 task 工作、作業

hon·est
['ɑnɪst]
形 誠實的、耿直的

> Is being **honest** a difficult thing for you?
> 誠實對你來說是件困難的事嗎？

延伸學習 同 truthful 誠實的

hon·es·ty
[ˋɑnɪstɪ]
名 正直、誠實

> **Honesty** is not always the best policy.
> 誠實不一定是上策。

hon·ey
[ˋhʌnɪ]
名 蜂蜜、花蜜

> I added some **honey** to the milk tea.
> 我在奶茶裡面加了一點蜂蜜。

hop
[hɑp]
動 跳過、單腳跳
名 單腳跳、跳舞

> The children run and **hop** in the yard.
> 孩子們在院子裡跑跳。
>
> 延伸學習 同 jump 跳

hope
[hop]
名 希望、期望
動 希望、期望

> I **hope** to see you soon.
> 我希望趕快看到你。
>
> 延伸學習 片 hope for the best 盡量保持樂觀
> 反 despair 絕望

hor·ri·ble
[ˋhorəbl̩]
形 可怕的

> How can you have such a **horrible** idea?
> 你怎麼可以有這種可怕的想法？

horse
[hɔrs]
名 馬

> The knights were riding **horses** to rescue the king.
> 武士騎著馬去救國王。

hos·pi·tal
[ˋhɑspɪtl̩]
名 醫院

> The patient was sent to the **hospital**.
> 這個病患被送到醫院了。
>
> 延伸學習 同 clinic 診所

host/host·ess
[host]/[ˋhostɪs]
名 主人、女主人

> The **host** and **hostess** welcomed us warmly.
> 主人跟女主人很歡迎我們。

hot
[hɑt]
形 熱的、熱情的、辣的

▶ It is so **hot** in Taipei.
台北很熱。
延伸學習 反 icy 冰冷的

ho·tel
[hoˋtɛl]
名 旅館

▶ Which **hotel** will you stay at this weekend?
你這週末將會待在哪個旅館？
延伸學習 同 hostel 青年旅舍

hour
[aʊr]
名 小時

▶ I spent an **hour** studying English.
我花一個小時讀英文。
延伸學習 片 hour after hour 連續好幾個小時

house
[haʊs]
名 房子、住宅

▶ I want to buy a **house**.
我想要買房子。
延伸學習 同 residence 房子、住宅

how
[haʊ]
副 怎樣、如何

▶ Can you let me know **how** to get to the train station?
可否讓我知道怎麼到火車站？

how·ev·er
[haʊˋɛvɚ]
副 無論如何
連 然而

▶ She wants to lose weight. **However**, she eats lots of junk food every day.
她想要減肥，但是她還是每天吃很多垃圾食物。

huge
[hjudʒ]
形 龐大的、巨大的

▶ A **huge** burger is ready to serve.
巨無霸漢堡準備好可以上桌了。
延伸學習 反 tiny 微小的

hu·man
[ˋhjumən]
形 人的、人類的
名 人

▶ We are all **human** beings.
我們都是人類。
延伸學習 同 man 人

hum·ble
[ˈhʌmbl̩]
形 身份卑微的、謙虛的

> The professor is **humble**.
> 這位教授很謙虛。
>
> 延伸學習　同 modest 謙虛的

hu·mid
[ˈhjumɪd]
形 潮濕的

> The climate in Taiwan is hot and **humid**.
> 台灣的氣候溫暖又潮濕。
>
> 延伸學習　同 moist 潮濕的

hu·mor
[ˈhjumɚ]
名 詼諧、幽默

> You don't have any sense of **humor**.
> 你沒有任何的幽默感。
>
> 延伸學習　同 comedy 喜劇

hu·mor·ous
[ˈhjumərəs]
形 幽默的、滑稽的

> She has a crush on the **humorous** man.
> 她迷戀那個幽默的男人。
>
> 延伸學習　同 funny 好笑的

hun·dred
[ˈhʌndrəd]
名 百、許多
形 百的、許多的

> I have a **hundred** dollars.
> 我有一百塊錢。
>
> 延伸學習　片 hundreds of thousands of 成千上萬的

hun·ger
[ˈhʌngɚ]
名 餓、饑餓

> Some people die because of **hunger**.
> 有些人會因為飢餓而死亡。

hun·gry
[ˈhʌngrɪ]
形 饑餓的

> He is always **hungry**.
> 他總是肚子餓。

hunt
[hʌnt]
動 獵取
名 打獵

> He **hunted** a deer.
> 他獵到一頭鹿。
>
> 延伸學習　同 chase 追捕

hunt·er
[ˈhʌntɚ]
名 獵人

> The **hunter** goes to the forest every morning.
> 獵人每天早上走向森林。

hur·ry
[ˈhɜɪ]
動 （使）趕緊
名 倉促

> Please **hurry** up.
> 請加快腳步。
>
> 延伸學習　同 rush 倉促

hurt
[hɜt]
形 受傷的
動 疼痛
名 傷害

> The boy got **hurt**.
> 小男孩受傷了。

hus·band
[ˈhʌzbənd]
名 丈夫

> Her **husband** is very nice to her.
> 他的丈夫對她很好。
>
> 延伸學習　反 wife 妻子

A. 問答聯想圖，以聯想法記單字：看看下方的提示字、問題，還有空格前後的提示字母，把答案填進空格中。

gun, hunter, hen

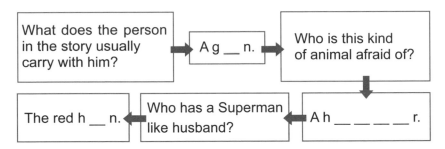

What does the person in the story usually carry with him? → A g __ n. → Who is this kind of animal afraid of?

A h __ __ __ __ r. → Who has a Superman like husband? → The red h __ n.

B. 找字母記單字：看看下方的單字，在文字矩陣中圈出該字的拼字（→、↘）。

Word Bank: horrible, greedy, high, hurt, husband

C. 反義字記單字：閱讀句子，並留意劃底線的單字。看看框中的單字，選出相對應的反義字。

_____ 1. In a famous Japanese cartoon, a girl's parents were greedy and ate lots of food without paying money. They were turned into pigs.
   a. selfish   b. hungry   c. generous

_____ 2. The ghost story is horrible. You might have bad dreams. Are you sure you want to listen?
   a. happy   b. scary   c. terrible

_____ 3. Oh, I hate those high heels. They hurt my toes.
   a. lofty   b. elevated   c. low

_____ 4. The child fell down and was crying. In other words, he was hurt and needed someone to take care of him.
   a. shot   b. cured   c. wounded

D. 前後文線索記單字：看看空格前後文，圈選最符合句意的單字。

1. Grandpa has no sense of hire / history / humor, he never laughs when I tell him a funny story.

2. The honesty / hero / hobby in Pride and Prejudice is Mr. Darcy. He acts like a bad guy for Elizabeth at first, but he proves to be a caring person.

3. The church is on the top of the hope / hill / human. You may reach it by taking half an hour walk.

4. A: What are Amy's standards of choosing a husband / handkerchief / hammer?
   B: He must be tall, handsome, and rich, of course.

5. Gain / Grow / Guess what? Nick's wife is pregnant! Nick is going to be Daddy.

第6階段

I J
K L

單字練習題：分類法記單字、找字母記單字、
前後文線索記單字

第 6 階段 音檔雲端連結

因各家手機系統不同，若無法直接
掃描，仍可以至以下電腦雲端連結
下載收聽。
（ https://tinyurl.com/7r7c6mmr ）

Ii

I
[aɪ]
代 我

> **I** like to play basketball.
> 我喜歡打籃球。

ice
[aɪs]
名 冰
動 結冰

> I need some **ice** for the beer.
> 我需要點冰塊配啤酒。

延伸學習 同 freeze 結冰

i·de·a
[aɪˋdɪə]
名 主意、想法、觀念

> I have an **idea**.
> 我有個想法。

延伸學習 同 notion 主意

if
[ɪf]
連 如果、是否

> What **if** it rains tomorrow?
> 如果明天下雨怎麼辦？

ig·nore
[ɪgˋnor]
動 忽視、不理睬

> The government **ignores** the need of people.
> 政府忽略人民的需求。

延伸學習 同 neglect 忽視

ill
[ɪl]
名 疾病、壞事
形 生病的
副 壞地

> She's not here because she's **ill** today.
> 她生病了所以沒來。

延伸學習 同 sick 生病的

im·age
[ˋɪmɪdʒ]
名 影像、形象

> I still remember the **image** of my first love.
> 我仍記得初戀情人的樣子。

i·mag·ine
[ɪˋmædʒɪn]
動 想像、設想

> Can you **imagine** that she's getting married?
> 你可以想像她要結婚了嗎？

延伸學習　同 suppose 設想

im·por·tance
[ɪmˋpɔrtn̩s]
名 重要性

> Do you know the **importance** of health?
> 你知道健康的重要性嗎？

im·por·tant
[ɪmˋpɔrtn̩t]
形 重要的

> Health is **important**.
> 健康很重要。

延伸學習　同 principal 重要的

im·prove
[ɪmˋpruv]
動 改善、促進

> How do you **improve** your English?
> 你怎麼改善你的英文的？

in
[ɪn]
介 在……裡面、在……之內

> There is a ball **in** the box.
> 箱子裡有顆球。

延伸學習　反 out 在……外面

inch
[ɪntʃ]
名 英吋

> The fish is less than one **inch** long.
> 這隻魚不到一英寸那麼長。

in·clude
[ɪnˋklud]
動 包含、包括、含有

> I love everything about you, **including** your bad habits.
> 我愛你的一切，包含你的壞習慣。

延伸學習　同 contain 包含

in·come
[ˋɪnˌkʌm]
名 所得、收入

> How do you manage your **income**?
> 你如何規劃你的收入？

延伸學習　同 earnings 收入

136

in·crease
['ɪnkris]/[ɪn'kris]
名 增加
動 增加

▷ Do you want to **increase** your income?
你想要增加收入嗎？

延伸學習　反 reduce 減少

in·de·pend·ent
[ˌɪndɪ'pɛndənt]
形 獨立的

▷ Women nowadays are very **independent**.
這個時代的女人非常的獨立。

in·di·cate
['ɪndəˌket]
動 指出、指示

▷ Could you **indicate** which cake you'd like to order?
你可否指出你要哪塊蛋糕？

延伸學習　同 imply 暗示

in·di·vid·u·al
[ˌɪndə'vɪdʒʊəl]
形 個別的
名 個人

▷ Each **individual** of our team is important.
我們團隊中的每個人都很重要。

in·dus·try
['ɪndəstrɪ]
名 工業

▷ The **industry** area is the main source of air pollution.
工業區是空氣汙染的主要來源。

in·flu·ence
['ɪnflʊəns]
名 影響
動 影響

▷ My mother **influenced** me a lot.
我媽媽對我的影響很大。

in·ju·ry
['ɪndʒərɪ]
名 傷害、損害

▷ The motorcycle accident resulted in the head **injury** of Cathy.
機車意外造成凱蒂頭部受傷。

ink
[ɪŋk]
名 墨水、墨汁
動 塗上墨水

▷ I can't write without **ink**.
沒有墨水我沒辦法寫字。

in·sect
[`ɪnsɛkt]
名 昆蟲

> There are lots of **insects** in the forest.
> 在森林裡面有很多的昆蟲。

延伸學習　同 bug 蟲子

in·side
[`ɪnˏsaɪd]
介 在……裡面
名 裡面、內部
形 裡面的
副 在裡面

> What's **inside** the box?
> 箱子裡面是什麼？

延伸學習　反 outside 在……外面

in·sist
[ɪn`sɪst]
動 堅持、強調

> My mother **insists** on the importance of education.
> 我媽媽堅持教育的重要性。

延伸學習　片 insist on 堅持

in·stance
[`ɪnstəns]
名 實例
動 舉證

> I love many kinds of fruits, for **instance**, apples, bananas and oranges.
> 我喜歡水果，舉例來說，蘋果、香蕉跟柳丁。

延伸學習　片 for instance 舉例
同 example 例子

in·stant
[`ɪnstənt]
形 立即的、瞬間的
名 立即

> Thank you for your **instant** help.
> 感謝你及時相助。

延伸學習　同 immediate 立即的

in·stru·ment
[`ɪnstrəmənt]
名 樂器、器具

> I learned to play many kinds of **instruments** when I was little.
> 我小時候學過很多種樂器。

in·ter·est
['ɪntərɪst]
名 興趣、嗜好
動 使⋯⋯感興趣

> What is your **interest**?
> 你的興趣是什麼？

延伸學習 同 hobby 嗜好

in·ter·nat·ion·al
[ˌɪntɚˈnæʃənl]
形 國際的

> The equipment in the
> **international** airport is perfect.
> 這座國際機場的設備是一流的。

延伸學習 同 universal 全世界的

in·ter·rupt
[ˌɪntəˈrʌpt]
動 干擾、打斷

> Don't **interrupt** me.
> 不要打斷我。

延伸學習 同 intrude 打擾

in·ter·view
['ɪntɚˌvju]
名 面談
動 面談、會面

> I am going to have an **interview**
> this afternoon.
> 我今天下午有一場面試。

in·to
['ɪntu]
介 到⋯⋯裡面

> Come **into** our house and have
> some hot chocolate.
> 進來房子裡，喝些熱巧克力。

in·tro·duce
[ˌɪntrəˈdjus]
動 介紹、引進

> May I **introduce** our products to
> you?
> 我可以向你介紹我們的產品嗎？

in·vent
[ɪnˈvɛnt]
動 發明、創造

> Do you know who **invented**
> computers?
> 你知道是誰發明了電腦嗎？

in·ves·ti·gate
[ɪnˈvɛstəˌget]
動 研究、調查

> This paper attempts to **investigate**
> the influence of childhood.
> 這篇論文試圖研究童年的影響。

延伸學習 同 inspect 調查

in·vi·ta·tion
[ˌɪnvəˈteʃən]
名 請帖、邀請

▷ Thank you for your **invitation**.
感謝你的邀請。

in·vite
[ɪnˈvaɪt]
動 邀請、招待

▷ Do you want to **invite** her to your party?
你想要邀請她來你的派對嗎？

i·ron
[ˈaɪən]
名 鐵、熨斗
形 鐵的、剛強的
動 熨、燙平

▷ Please **iron** the skirt.
請燙好你的裙子。

延伸學習　同 steel 鋼鐵

is
[ɪz]
動 是

▷ She **is** a teacher.
她是老師。

is·land
[ˈaɪlənd]
名 島、安全島

▷ Bali is a lovely **island**.
巴里島是一座美麗的小島。

it
[ɪt]
代 它

▷ **It** is a lovely cat.
這隻貓很可愛。

i·tem
[ˈaɪtəm]
名 項目、條款

▷ Some **items** on the list are not reasonable.
這清單上面有些項目不太合理。

延伸學習　同 segment 項目

its
[ɪts]
代 它的

▷ The dog is chasing **its** tail.
那隻狗正在追牠的尾巴。

🗨 **Jj** ········

jack·et
[`dʒækɪt]
名 夾克

> I bought a **jacket** for the coming winter.
> 我為即將到來的冬天買了件夾克。

延伸學習 同 coat 外套

jam
[dʒæm]
動 阻塞
名 果醬

> I was late because of the traffic **jam**.
> 因為塞車，我遲到了。

延伸學習 片 traffic jam 塞車

Jan·u·ar·y/Jan.
[`dʒænjʊˌɛrɪ]
名 一月

> It is cold in **January** in Canada.
> 加拿大的一月很冷。

jazz
[dʒæz]
名 爵士樂

> I love **jazz** music in 1920s.
> 我喜歡二〇年代的爵士樂。

jeal·ous
[`dʒɛləs]
形 嫉妒的

> Everyone's **jealous** of her beauty.
> 每個人都嫉妒她的美貌。

延伸學習 同 envious 嫉妒的、羨慕的

jeans
[dʒinz]
名 牛仔褲

> The girl in blue **jeans** is my sister.
> 穿著藍色牛仔褲的那個女孩是我妹妹。

延伸學習 同 pants 褲子

jeep
[dʒip]
名 吉普車

> Have you ever been in a **jeep**?
> 你曾經搭過吉普車嗎？

job
[dʒɑb]
名 工作

> I am looking for a **job** now.
> 我在找新的工作。

延伸學習 同 work 工作

jog
[dʒɑg]
動 慢跑

I go **jogging** every evening.
我每天下午都會去慢跑。

延伸學習 ● go jogging 慢跑

join
[dʒɔɪn]
動 參加、加入

Would you like to **join** us?
你要加入我們嗎？

延伸學習 同 attend 參加

joint
[dʒɔɪnt]
名 接合處
形 共同的

Certain metal parts are located at the **joint** of the door.
一些金屬零件位於門的接合處。

joke
[dʒok]
名 笑話、玩笑
動 開玩笑

Your **joke** is not funny at all.
你的笑話一點也不好笑。

延伸學習 同 kid 開玩笑

joy
[dʒɔɪ]
名 歡樂、喜悅

My family is filled with **joy** at Christmas.
我家聖誕節時充滿歡樂。

延伸學習 同 sorrow 悲傷

judge
[dʒʌdʒ]
名 法官、裁判
動 裁決

Do you believe that **judge** will bring us justice?
你相信那個法官會為我們帶來正義？

延伸學習 同 umpire 裁判

juice
[dʒus]
名 果汁

I want to have a glass of **juice**.
我想要來一杯果汁。

July/Jul.
[dʒuˈlaɪ]
名 七月

We went to the beach in **July**.
我們七月去海邊玩。

jump
[dʒʌmp]
名 跳躍、跳動
動 跳越、躍過

> "You **jump**, I jump," said Jack.
> 傑克說「你跳，我就跳。」

June/Jun.
[dʒun]
名 六月、瓊（女子名）

> We graduated in **June**.
> 我們六月畢業。
>
> 延伸學習 同 spring 跳、躍

just
[dʒʌst]
形 公正的、公平的
副 正好、恰好、剛才

> I **just** heard the news from my mom.
> 我剛從我媽那邊得知消息。
>
> 延伸學習 同 fair 公平的

🗨 **Kk** ....

kan·ga·roo
[ˌkæŋɡəˈru]
名 袋鼠

> A **kangaroo** is good at jumping.
> 袋鼠擅長跳躍。

keep
[kip]
名 保持、維持
動 保持、維持

> Please **keep** it secret.
> 請保守祕密。
>
> 延伸學習 同 maintain 維持

ketch·up
[ˈkɛtʃəp]
名 番茄醬

> I prefer to eat French fries with **ketchup**.
> 我喜歡吃薯條配番茄醬。

key
[ki]
形 主要的、關鍵的
名 鑰匙
動 鍵入

> Your kindness is the **key**.
> 你的善良才是關鍵。

kick
[kɪk]
名 踢
動 踢

> The boy **kicked** my leg.
> 那個男孩踢我的腳。

kid
[kɪd]
名 小孩
動 開玩笑、嘲弄

> The **kid** is very naughty.
> 那個小孩太調皮了。
>
> 延伸學習　同 tease 嘲弄

kill
[kɪl]
名 殺、獵物
動 殺、破壞

> Don't **kill** Formosa bears.
> 不要殺害台灣黑熊。
>
> 延伸學習　同 slay 殺

ki·lo·gram/kg
[ˈkɪləˌgræm]
名 公斤

> I gained one **kilogram** in this week.
> 我這週多了一公斤。

ki·lo·me·ter/km
[ˈkɪləˌmitɚ]
名 公里

> The Italian restaurant is less than a
> **kilometer** away from here.
> 那家義大利餐廳離這邊不到一公里遠。

kind
[kaɪnd]
形 仁慈的
名 種類

> The **kind** man helped many people.
> 那個仁慈的男人幫過很多人。
>
> 延伸學習　反 cruel 殘酷的

kin·der·gar·ten
[ˈkɪndɚˌgɑrtn̩]
名 幼稚園

> My kids are in this **kindergarten**.
> 我的小孩在這家幼稚園。

king
[kɪŋ]
名 國王

> The **king** rules the country.
> 國王統治著整個國家。
>
> 延伸學習　同 ruler 統治者

king·dom
[ˋkɪŋdəm]
名 王國

> In the **kingdom** of love, no one is smart.
> 在愛情的國度裡，沒有人是聰明的。

kiss
[kɪs]
名 吻
動 吻

> Tom **kissed** me.
> 湯姆吻了我。

kitch·en
[ˋkɪtʃɪn]
名 廚房

> I go to the **kitchen** to get food.
> 我去廚房找點吃食物。

kite
[kaɪt]
名 風箏

> We used to fly a **kite**.
> 我們以前會一起放風箏。
> 延伸學習 🗂 fly a kite 放風箏

kit·ten/kit·ty
[ˋkɪtn̩]/[ˋkɪtɪ]
名 小貓

> The **kitten** was so small.
> 那隻小貓好小喔。

knee
[ni]
名 膝、膝蓋

> My grandmother's **knees** hurt.
> 我祖母的膝蓋會痛。
> 延伸學習 🗂 bring sb./sth. to its/their knees
> 打敗／摧毀

knife
[naɪf]
名 刀

> There are many **knives** in the kitchen.
> 廚房裡有很多把刀子。
> 延伸學習 🗂 blade 刀片

knock
[nɑk]
動 敲、擊
名 敲打聲

> **Knock** the door and enter.
> 敲門入內。
> 延伸學習 🗂 hit 打擊

know
[no]
動 知道、瞭解、認識

▶ I don't **know** his name.
我不知道他的名字。

延伸學習　同 understand 瞭解

knowl·edge
[ˋnɑlɪdʒ]
名 知識

▶ I don't have any **knowledge** in money management.
我沒有任何理財的知識。

延伸學習　同 scholarship 學問

ko·a·la
[kəˋɑlə]
名 無尾熊

▶ There are lots of **koalas** in Australia.
在澳洲有很多的無尾熊。

 Ll ....

lack
[læk]
名 缺乏
動 缺乏

▶ The **lack** of food is a big problem in this country.
在這個國家裡食物缺乏是個大問題。

延伸學習　片 lack of 缺乏
　　　　　同 absence 缺乏

la·dy
[ˋledɪ]
名 女士、淑女

▶ **Ladies** and gentlemen, the plane is about to take off.
先生女士們，飛機即將起飛。

延伸學習　反 gentleman 紳士

lake
[lek]
名 湖

▶ Swans are swimming on the **lake**.
天鵝在湖上游泳。

延伸學習　同 pond 池塘

lamb
[læm]
名 羔羊、小羊

▶ The **lamb** is eaten by the tiger.
那隻小羊被老虎吃掉。

lamp
[læmp]
名 燈

> Please turn off the **lamp**.
> 請關掉燈。
>
> 延伸學習　同 lantern 燈籠、提燈

land
[lænd]
名 陸地、土地
動 登陸、登岸

> The flight is **landing**.
> 飛機即將降落。
>
> 延伸學習　反 sea 海

lan·guage
[ˋlæŋgwɪdʒ]
名 語言

> She can speak many **languages**.
> 她會說很多種語言。

large
[lɑrdʒ]
形 大的、大量的

> We need a **large** bucket.
> 我們需要一個大的桶子。
>
> 延伸學習　反 little 小的

last
[læst]
形 最後的
副 最後
名 最後
動 持續

> You are the **last**.
> 你是最後一個。
>
> 延伸學習　同 final 最後的

late
[let]
形 遲的、晚的
副 很遲、很晚

> I came home **late**.
> 我今天晚回家。
>
> 延伸學習　片 It's never too late to learn.
> 學習永不嫌晚。
> 反 early 早的

lat·est
[ˋletɪst]
形 最後的

> It is the **latest** album of Jolin.
> 這是喬琳最新的專輯。

laugh
[læf]
動 笑
名 笑、笑聲

> He **laughed**.
> 他笑了。
>
> 延伸學習　片 laugh at 嘲笑
> 　　　　　反 weep 哭泣

law
[lɔ]
名 法律

> The **law** in Singapore is strict.
> 新加坡的法律很嚴格。
>
> 延伸學習　同 rule 規定、章程

law·yer
[`lɔjɚ]
名 律師

> The **lawyer** is persuasive.
> 這律師的話很能讓人信服。

lay
[le]
動 放置、產卵

> **Lay** the bag on the table.
> 把包包放在桌上就好。
>
> 延伸學習　同 put 放置

la·zy
[`lezɪ]
形 懶惰的

> Lucy is very **lazy**.
> 露西很懶惰。
>
> 延伸學習　反 diligent 勤奮的

lead
[lid]
名 領導、榜樣
動 領導、引領

> The tour guide **led** us into the forest.
> 導遊帶領我們走進森林。
>
> 延伸學習　片 lead to 造成
> 　　　　　反 follow 跟隨

lead·er
[`lidɚ]
名 領袖、領導者

> She is a good **leader**.
> 她是個好的領導者。
>
> 延伸學習　同 chief 首領

lead·er·ship
[`lidɚʃɪp]
名 領導力

> The **leadership** is the key to a company's success.
> 領導力是公司成功與否的關鍵。
>
> 延伸學習　同 guidance 領導

leaf
[lif]
名 葉

> The **leaf** falls slowly onto the ground.
> 那片樹葉緩緩掉落到地板。

learn
[lɜn]
動 學習、知悉、瞭解

> I've **learned** a lot from you.
> 我從你身上學到很多。

延伸學習　片 It's never too late to learn.
學習不嫌晚。
反 teach 教導

least
[list]
形 最少的、最小的
名 最少、最小
副 最少、最小

> At **least**, you have done your best.
> 至少你努力過了。

延伸學習　片 Last but not least 最後一點……
同 minimum 最少、最小

leave
[liv]
動 離開
名 准假

> I have to **leave** now.
> 我現在要走了。

延伸學習　同 depart 離開

left
[lɛft]
形 左邊的
名 左邊

> On your **left** hand side, you will see the bookstore.
> 在你的左手邊，你會看到書店。

延伸學習　反 right 右邊

leg
[lɛg]
名 腿

> My **leg** hurts.
> 我的腳好痛。

延伸學習　反 arm 手臂

le·gal
['ligl]
形 合法的

> Is opening a casino **legal** in this country?
> 在這個國家開賭場是合法的嗎？

延伸學習　同 lawful 合法的

lem·on
[ˈlɛmən]
名 檸檬

> Honey **lemon** juice becomes my favorite drink.
> 蜂蜜檸檬汁變成我最喜歡的飲料。

lend
[lɛnd]
動 借出

> I **lent** some money from Doris.
> 我跟多莉絲借了一點錢。
> 延伸學習　片 lend from 跟……借錢
> 　　　　　　反 borrow 借來

length
[lɛnθ]
名 長度

> What's the **length** of the table?
> 這桌子的長度如何呢？

less
[lɛs]
形 更少的、更小的
副 更少、更小

> I have **less** money than she does.
> 我的錢比她更少。
> 延伸學習　反 more 更多

less·on
[ˈlɛsn̩]
名 課

> This **lesson** is more difficult.
> 這一課比較難。
> 延伸學習　片 teach someone a lesson
> 　　　　　　　給某人一個教訓

let
[lɛt]
動 讓

> Never **let** me go.
> 不要讓我走。
> 延伸學習　片 Let it be. 別管那件事了。
> 　　　　　　同 allow 准許

let·ter
[ˈlɛtɚ]
名 字母、信

> I wrote a **letter** to my mom.
> 我寫封信給我媽。

let·tuce
[ˈlɛtɪs]
名 萵苣

> I made a sandwich with **lettuce**.
> 我用萵苣做了三明治。

lev·el
['lɛvl̩]

名 水準、標準
形 水平的

> The students are high-**level**.
> 這些學生程度很好。
>
> 延伸學習　同 horizontal 水準的

li·bra·ry
['laɪˌbrɛrɪ]

名 圖書館

> I studied in the **library**.
> 我在圖書館唸書。

lick
[lɪk]

名 舔食、舔
動 舔食、舔

> The boy **licked** the lollipop.
> 那小男孩舔了一口棒棒糖。

lid
[lɪd]

名 蓋子

> Mom put a **lid** on the pot.
> 媽媽把蓋子蓋在鍋子上。

lie
[laɪ]

名 謊言
動 說謊、位於、躺著

> Don't **lie** to me.
> 不要對我說謊。
>
> 延伸學習　反 truth 實話

life
[laɪf]

名 生活、生命

> We'll live a happy **life**.
> 我們會過得很開心。
>
> 延伸學習　同 existence 生命

lift
[lɪft]

名 舉起
動 升高、舉起

> I can't **lift** the box.
> 我無法舉起這箱子。
>
> 延伸學習　同 raise 舉起

light
[laɪt]

名 光、燈
形 輕的、光亮的
動 點燃、變亮

> The box is **light**.
> 這箱子很輕。
>
> 延伸學習　反 dark 黑暗

light·ning
[ˈlaɪtnɪŋ]
名 閃電

> The dog is afraid of **lightning**.
> 這隻狗會怕閃電。

like
[laɪk]
動 喜歡
介 像、如

> I **like** apples.
> 我喜歡蘋果。
>
> 延伸學習　反 dislike 不喜歡

like·ly
[ˈlaɪklɪ]
形 可能的
副 可能地

> You are **likely** to pass the exam.
> 你有可能考過。
>
> 延伸學習　同 probable 可能的

lim·it
[ˈlɪmɪt]
名 限度、極限
動 限制

> What's the **limit** of your budget?
> 你預算的上限是多少？
>
> 延伸學習　同 extreme 極限

line
[laɪn]
名 線、線條
動 排隊、排成

> Draw a **line** here.
> 在這裡畫一條線。
>
> 延伸學習　同 string 繩、線

link
[lɪŋk]
名 關聯
動 連結

> What's the **link** between your points?
> 你所提的要點之間有什麼關聯？
>
> 延伸學習　同 connect 連結

li·on
[ˈlaɪən]
名 獅子

> There are **lions** in the zoo.
> 動物園裡面有獅子。

lip
[lɪp]
名 嘴唇

> I bit my **lips**.
> 我咬到嘴唇了。

liq·uid
[ˈlɪkwɪd]
名 液體

> Coke is a kind of black **liquid**.
> 可樂是一種黑色的液體。

list
[lɪst]
名 清單、目錄、列表
動 列表、編目

> What's on your **list**?
> 你清單上還有什麼？

lis·ten
[ˈlɪsn̩]
動 聽

> **Listen** to me.
> 聽我說。
> 延伸學習　同 hear 聽

lit·tle
[ˈlɪtl̩]
形 小的
名 少許、一點
副 很少地

> I know so **little** about him.
> 我不太瞭解他這個人。
> 延伸學習　反 large 大的

live
[laɪv]/[lɪv]
形 有生命的、活的
動 活、生存、居住

> I **live** in Taipei.
> 我住在台北。
> 延伸學習　反 die 死

loaf
[lof]
名 一塊

> I bought one **loaf** of bread for my breakfast.
> 我買了一條麵包當明天早餐。
> 延伸學習　名詞複數 loaves

lo·cal
[ˈlokl̩]
形 當地的
名 當地居民

> The **local** weather is good today.
> 當地氣候很好。
> 延伸學習　同 regional 地區的

lock
[lɑk]
名 鎖
動 鎖上

> Could you **lock** the door please?
> 你可以把門鎖上嗎？

lone·ly
[ˈlonlɪ]
形 孤單的、寂寞的

> Sometimes, I feel **lonely**.
> 有時候我覺得很孤單。
>
> 延伸學習　同 solitary 寂寞的

long
[lɔŋ]
形 長（久）的
副 長期地
名 長時間
動 渴望

> **Long** time ago, there was a princess here.
> 很久以前，這裡有一個公主。
>
> 延伸學習　反 short 短的

look
[lʊk]
名 看、樣子、臉色
動 看、注視

> **Look** at me.
> 看著我。
>
> 延伸學習　片 look at 看著
> 　　　　　同 watch 看

lose
[luz]
動 遺失、失去、輸

> I lost my **wallet**!
> 我遺失了錢包。
>
> 延伸學習　同 fail 失敗、失去

los·er
[ˈluzɚ]
名 失敗者、輸家

> You are such a **loser**.
> 你真的是輸家。

loss
[lɔs]
名 損失

> She was sad because of the **loss** of her mother.
> 因為失去了母親，她十分悲傷。

lot
[lɑt]
名 很多

> I have **lots** of questions.
> 我有很多問題。
>
> 延伸學習　片 a lot of 很多
> 　　　　　同 plenty 很多

loud
[laʊd]
形 大聲的、響亮的

> The music is too **loud**.
> 這音樂太大聲了。
>
> 延伸學習　反 silent 安靜的

love
[lʌv]
動 愛、熱愛
名 愛

> I **love** you.
> 我愛你。
>
> 延伸學習　同 adore 熱愛

love·ly
[ˋlʌvlɪ]
形 美麗的、可愛的

> Who wants to hurt such a **lovely** girl like her?
> 誰會想要傷害像她這麼可愛的女孩呢？

lov·er
[ˋlʌvɚ]
名 愛人

> You are my first and last **lover**.
> 你是我第一個也是最後一個愛人了。

low
[lo]
形 低聲的、低的
副 向下、在下面

> The temperature in Russia is **low**.
> 俄國的氣溫很低。
>
> 延伸學習　同 inferior 下方的

luck·y
[ˋlʌkɪ]
形 有好運的，幸運的

> I am so **lucky** to meet you.
> 能與你相遇我好幸運。

lunch/lunch·eon
[lʌntʃ]/[ˋlʌntʃən]
名 午餐

> I am having a **lunch** with my mom.
> 我正在跟我媽吃午餐。
>
> 延伸學習　片 lunch box 午餐餐盒

單字技巧練習題

學單字要有技巧，完成以下單字大題吧。

A. 分類法記單字：把與主題相關的詞彙填入正確的框裡。

long, lucky, lonely, knife, January, learn, leave

動詞	名詞	形容詞

B. 找字母記單字：看看下方的單字，在文字矩陣中圈出該字的拼字（→、↘）。

Word Bank: lucky, lonely, learn, January, knife

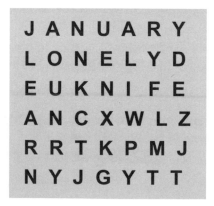

C. 前後文線索記單字：看看空格前後文，把最符合句意的單字填進空格。

land, investigate, late, less, loss

1. The police decides to _____ this matter. The whole thing seems to be too strange.

2. The farmer has a lot of _____. He grows lots of watermelons and peanuts.

3. The _____ of the wedding ring left the woman sad and scared. Her husband would be very angry about this.

4. Don't be _____ to the library. I'll meet you there and lend you an interesting picture book.

5. When my grandpa is getting old, he cared _____ about the world.

第7階段

單字練習題：問答聯想圖，以聯想法記單字、
　　　　　　找字母記單字、前後文線索記單字

第 7 階段 音檔雲端連結

因各家手機系統不同，若無法直接
掃描，仍可以至以下電腦雲端連結
下載收聽。
（https://tinyurl.com/3yt4xham）

☺ *Mm* ......

ma·chine
[mə`ʃin]
名 機器、機械

> We need to buy a washing **machine**.
> 我們要買一台洗衣機。

mad
[mæd]
形 神經錯亂的、發瘋的

> My dad is **mad** at me.
> 我爸今天對我發飆。
>
> 延伸學習 同 crazy 瘋狂的

mag·a·zine
[ˌmægə`zin]
名 雜誌

> The **magazine** I am reading is about flying machines.
> 我正在看的雜誌是關於飛行機器。

ma·gic
[`mædʒɪk]
名 魔術
形 魔術的

> The **magic** attracted many people's attention.
> 魔術吸引了許多人的注意力。

ma·gi·cian
[mə`dʒɪʃən]
名 魔術師

> The **magician** is amazing.
> 這位魔術師真的太厲害了。

mail
[mel]
名 郵件
動 郵寄

> Send me the contract by **mail**, please.
> 請把合約郵寄給我。
>
> 延伸學習 同 send 發送、寄

main
[men]
形 主要的
名 要點

> What's the **main** idea of this article?
> 這篇文章的主旨是什麼？
>
> 延伸學習 同 principal 主要的

main·tain
[men`ten]
動 維持

> How do you **maintain** such good figure?
> 你怎麼維持好身材的？

延伸學習　同 keep 維持

ma·jor
[`medʒɚ]
形 較大的、主要的
動 主修

> Vito did the **major** work of the project.
> 維托做了專案中主要的工作。

make
[mek]
動 做、製造

> We **made** a card for mom.
> 我們做了張卡片給媽媽。

延伸學習　同 manufacture 製造

male
[mel]
形 男性的
名 男性

> **Male** peacocks are more beautiful than female ones.
> 雄孔雀比雌孔雀漂亮。

延伸學習　反 female 女性的

mall
[mɔl]
名 購物中心

> The **mall** is full of people.
> 購物中心滿滿都是人。

man
[mæn]
名 成年男人
名 人類（不分男女）

> The **man** is tall.
> 那男人很高。

man·ag·er
[`mænɪdʒɚ]
名 經理

> Our **manager** is generous.
> 我們經理是個大方的人。

man·da·rin
[`mændərɪn]
名 國語、中文

> Can anyone speak **Mandarin** Chinese?
> 有人說中文嗎？

man·go
[`mæŋgo]
名 芒果

> The **mango** in Thailand is sweeter.
> 泰國的芒果比較甜。

man·ner
[`mænɚ]
名 方法、禮貌

> Please mind your **manner**.
> 請注意你的禮貌。

延伸學習 同 form 方法

man·y
[`mɛnɪ]
形 許多

> I have **many** friends.
> 我有很多朋友。

延伸學習 同 numerous 很多

map
[mæp]
名 地圖
動 用地圖表示、繪製地圖

> Don't forget to bring a **map** when traveling.
> 去旅行時別忘了帶地圖。

March/Mar.
[mɑrtʃ]
名 三月

> My birthday is in **March**.
> 我的生日在三月。

mark
[mɑrk]
動 標記
名 記號

> Don't forget to **mark** your girlfriend's birthday on the calendar.
> 別忘了把你女友的生日標記在日曆上。

延伸學習 同 sign 記號

mar·ket
[`mɑrkɪt]
名 市場

> We go to the **market** in the morning.
> 我們早上去市場。

mar·ry
[`mærɪ]
動 使結為夫妻、結婚

> Will you **marry** me?
> 你要跟我結婚嗎？

延伸學習 反 divorce 離婚

mar·vel·ous
[ˋmɑrvələs]
形 令人驚訝的

▷ Look at the tall building. It's truly **marvelous**.
看看那座高大的建築物。真是令人驚訝不已。

mask
[mæsk]
名 面具
動 遮蓋

▷ People wear **masks** when celebrating a special Italian festival.
人們在慶祝一個特別的義大利節慶時會戴面具。

mass
[mæs]
名 大量

▷ The director's private life is widely discussed by the **mass** media.
那個導演的私人生活被媒體廣泛的討論。

延伸學習　同 quantity 大量

mas·ter
[ˋmæstɚ]
名 主人、大師、碩士
動 精通

▷ You are a **master** in English writing.
你是英文寫作的大師。

mat
[mæt]
名 墊子、蓆子

▷ Put a **mat** on the bathroom floor.
把墊子放在廁所地板上。

延伸學習　同 rug 毯子

match
[mætʃ]
名 火柴、比賽
動 相配

▷ Have you ever heard of the story "The Little **Match** Girl"?
你聽過《賣火柴少女》的故事嗎？

ma·te·ri·al
[məˋtɪrɪəl]
名 物質

▷ They are rich in their **material** life, but poor in their spiritual life.
他們物質生活上很富有，但是精神生活上卻很貧乏。

延伸學習　片 material life 物質生活
　　　　　同 composition 物質

math·e·mat·ics/
math
[ˌmæθəˈmætɪks]/[mæθ]
名 數學

> **Mathematics** is a piece of cake for Monica.
> 對莫妮卡來講，數學真的太簡單。

mat·ter
[ˈmætɚ]
名 事情、問題
動 要緊

> What's the **matter**?
> 有什麼事？
>
> 延伸學習　同 affair 事情、事件

may
[me]
助 可以、可能

> **May** I help you?
> 我可以幫你嗎？

May
[me]
名 五月

> There are many flowers in the garden in **May**.
> 五月花園裡會盛開很多花。

may·be
[ˈmebɪ]
副 或許、大概

> **Maybe** you should try again.
> 或許你可以再試試看。

me
[mi]
代 我

> Don't shout at **me**.
> 不要對我吼叫。

meal
[mil]
名 一餐、餐

> How many calories do you consume in a **meal**?
> 你一餐攝取多少卡路里？

mean
[min]
動 意指、意謂
形 惡劣的

> Don't be so **mean** to me.
> 不要對我那麼惡劣。
>
> 延伸學習　同 indicate 指出、顯示

mean·ing
[ˋminɪŋ]
名 意義

▷ What's the **meaning** of life?
生命的意義是什麼？

means
[minz]
名 方法

▷ By **means** of advertising, people will be prompted to buy the product.
藉由廣告，人們會想要購買產品。

mea·sure
[ˋmɛʒɚ]
動 測量

▷ Could you **measure** the length of the whale?
你可以量一下這條鯨魚的長度嗎？

meat
[mit]
名 （食用）肉

▷ I ate too much **meat** recently.
我最近吃太多肉了。

med·i·cine
[ˋmɛdəsn̩]
名 醫學、藥物

▷ I need to take **medicine** after meals.
我需要在餐後服藥。

me·di·um/me·di·a
[ˋmidɪəm]/[ˋmidɪə]
名 媒體

▷ Social **media**, like facebook or Line, is quite popular these days.
現今像臉書或 Line 這樣的社群媒體都滿受歡迎的。

meet
[mit]
動 碰見、遇到、舉行集會、開會

▷ Nice to **meet** you.
很高興遇到妳。

meet·ing
[ˋmitɪŋ]
名 會議

▷ I have a **meeting** in the afternoon.
我下午有場會議。

mel·on
[ˈmɛlən]
名 瓜、甜瓜

▷ I love to eat **melons** in summers.
我喜歡在夏天吃瓜類。

mem·ber
[ˈmɛmbə]
名 成員

▷ The **members** of the reading club love this novel.
這個讀書會的會員很喜歡這本小說。

mem·o·ry
[ˈmɛmərɪ]
名 記憶、回憶

▷ It's hard to get along with **memory**.
跟回憶共處很難。

me·nu
[ˈmɛnju]
名 菜單

▷ Please give me a **menu**.
請給我菜單。

mes·sage
[ˈmɛsɪdʒ]
名 訊息

▷ Since he is not in, would you like to leave a **message** for him?
既然他不在，您要不要留個訊息給他？

met·al
[ˈmɛtl̩]
名 金屬
形 金屬的

▷ The **metal** table is heavy.
這個金屬的桌子很重。

me·ter
[ˈmitə]
名 公尺

▷ The child is taller than one **meter**.
這孩子身高已經超過一公尺了。

meth·od
[ˈmɛθəd]
名 方法

▷ Which teaching **method** will you use?
你將使用哪一種教學方法？

延伸學習 同 style 方式

mi·cro·wave
[`maɪkrəˌwev]
名 微波爐
動 微波

▶ How much is the **microwave**?
這個微波爐多少錢？

mid·dle
[`mɪdl̩]
名 中部、中間、在……中間
形 居中的

▶ She sat in the **middle** of the classroom.
她坐在教室的中間。

might
[maɪt]
名 權力、力氣

▶ The girl cried with all her **might** to get someone to help her.
女孩用盡力氣大叫，希望能有個人來救她。

延伸學習　同 power 權力

mile
[maɪl]
名 英里（＝ 1.6 公里）

▶ The police station is a **mile** away from here.
警察局離這裡有一英里遠。

mil·i·tar·y
[`mɪləˌtɛrɪ]
形 軍事的
名 軍事

▶ **Military** service is required in this country.
在這個國家，當兵是必要的。

延伸學習　片 military service 當兵
同 army 軍隊

milk
[mɪlk]
名 牛奶

▶ The cat drank **milk**.
這隻貓喝了牛奶。

mil·lion
[`mɪljən]
名 百萬

▶ He won a **million** dollars by lottery.
他藉由樂透贏得百萬元。

mind
[maɪnd]
名 頭腦、思想
動 介意

> Would you **mind** if I borrow a pen?
> 你介意借我一枝筆嗎？
>
> 延伸學習　反 body 身體

mine
[maɪn]
名 礦、礦坑
代 我的東西

> The bag is not **mine**.
> 這不是我的包包。

mi·nor
[`maɪnɚ]
形 較小的、次要的
名 未成年者

> Compared with the value of life,
> money is **minor**.
> 跟生命的價值相比，金錢是次要的。

mi·nus
[`maɪnəs]
介 減、減去
形 減的
名 負數

> Two **minus** one equals one.
> 二減一等於一。
>
> 延伸學習　反 plus 加的

min·ute
[`mɪnɪt]
名 分、片刻

> Wait a **minute**.
> 等我片刻。
>
> 延伸學習　同 moment 片刻

mir·ror
[`mɪrɚ]
名 鏡子
動 反映

> What do you see in a **mirror**?
> 你在鏡子裡面看到什麼？

Miss/miss
[mɪs]
名 小姐

> **Miss** Lee is nice to us.
> 李老師對我們很好。
>
> 延伸學習　反 Mr./Mister 先生

miss
[mɪs]
動 想念、懷念
名 失誤、未擊中

▷ I **miss** you all the time.
我總是很想你。

延伸學習 反 hit 擊中

miss·ing
[`mɪsɪŋ]
形 失蹤的、缺少的

▷ The lovely parrot is **missing**, which worried its owner.
可愛鸚鵡失蹤一事讓牠的主人十分擔心。

mis·take
[mɪ`stek]
名 錯誤、過失

▷ Don't make any **mistake**.
不要犯錯。

延伸學習 片 make a mistake 犯錯
同 error 錯誤

mix
[mɪks]
動 混合
名 混合物

▷ I **mix** mango juice with orange juice.
我把芒果汁跟柳橙汁混在一起。

延伸學習 同 combine 結合

mod·el
[`madl]
名 模型、模特兒
動 模仿

▷ The **model** is too thin.
這個模特兒太瘦了。

mo·dern
[`madən]
形 現代的

▷ **Modern** people always forgot family and health are the most important.
現代人總是會忘記家庭跟健康才是最重要的。

延伸學習 反 ancient 古代的

mo·ment
[`momənt]
名 一會兒、片刻

▷ I'll be back in a **moment**.
我一會兒就會回來。

延伸學習 片 in a moment 一會兒
同 instant 頃刻、一剎那

Mon·day/Mon.
[ˋmʌnde]
名 星期一

▷ I saw him this **Monday**.
我這個星期一有看到他。

延伸學習 片 Monday blue 星期一憂鬱症

mon·ey
[ˋmʌnɪ]
名 錢、貨幣

▷ I have no **money**.
我沒有錢。

延伸學習 同 cash 現金

mon·key
[ˋmʌŋkɪ]
名 猴、猿

▷ He's like a **monkey**.
他就像隻猴子一樣。

mon·ster
[ˋmɑnstɚ]
名 怪物

▷ The boy became a **monster** after drinking the bottle of water.
喝完這瓶水後，男孩變成了怪獸。

month
[mʌnθ]
名 月

▷ I visit my grandmother every **month**.
我每個月都會去看我奶奶。

moon
[mun]
名 月亮

▷ Don't point at the **moon**.
不要用手指月亮。

延伸學習 反 sun 太陽

mop
[mɑp]
名 拖把
動 擦拭

▷ Return the **mop** to the shop and we may go home.
把拖把還給商家，我們便可回家了。

延伸學習 同 wipe 擦

more
[mor]
形 更多的、更大的

▷ The **more** you read, the **more** you know.
你讀更多書，就會知道更多。

延伸學習 反 less 更少的、更小的

morn·ing
[`mɔrnɪŋ]
名 早上、上午

> He always sleeps at six in the **morning**.
> 他總是早上六點才睡覺。

延伸學習　反 evening 傍晚、晚上

mos·qui·to
[mə`skito]
名 蚊子

> There are lots of **mosquitoes** in the forest.
> 森林中有很多的蚊子。

most
[most]
形 最多的、大部分的
名 最大多數、大部分

> **Most** people don't like the weather in Taipei.
> 大部分的人都不喜歡台北的天氣。

延伸學習　反 least 最少的

moth·er
[`mʌðɚ]
名 母親、媽媽

> My **mother** is young.
> 我媽媽很年輕。

延伸學習　反 father 爸爸

mo·tion
[`moʃən]
名 運動、動作

> The old man is in slow **motion**.
> 這老人的動作很慢。

延伸學習　同 movement 運動

mo·tor·cy·cle
[`motɚˌsaɪkl̩]
名 摩托車

> I can't ride a **motorcycle**.
> 我不會騎摩托車。

moun·tain
[`maʊntn̩]
名 高山

> The **mountain** is high.
> 這座山很高。

mouse
[maʊs]
名 老鼠

> I keep a **mouse** as a pet.
> 我養隻老鼠當寵物。

延伸學習　同 rat 鼠

mouth
[maʊθ]
名 嘴、口、口腔

His **mouth** is full of food.
他的嘴巴充滿食物。

move
[muv]
動 移動、行動

Move to the center of the car.
請往車廂內部移動。

延伸學習 反 stop 停

move·ment
[`muvmənt]
名 運動、活動、移動

The **movement** is significant.
這個活動很有代表性。

延伸學習 同 motion 運動、活動

mov·ie/mo·tion pic·ture/film/ cin·e·ma
[`muvɪ]/[`moʃən͵pɪktʃɚ]/ [fɪlm]/[`sɪnəmə]
名（一部）電影

I had a **movie** date with her.
我約她看電影。

延伸學習 片 see a movie 看電影

Mr./Mis·ter
[`mɪstɚ]
名 對男士的稱呼、先生

Mr. Brown is our neighbor.
布朗先生是我們的鄰居。

Mrs.
[`mɪsɪz]
名 夫人

Mrs. Lin paid a visit to us last night.
林夫人昨晚來看過我們。

MRT/mass rapid transit/sub·way/ un·der·ground/ me·tro
[mæs`ræpɪd`trænsɪt]/ [`sʌb͵we]/[`ʌndɚ͵graʊnd]/ [`mɛtro]
名 地下道、地下鐵

I go to work by **MRT**.
我搭捷運去上班。

Ms.
[mɪz]
名 女士（代替 Miss 或
　　Mrs. 的字，不指明對方
　　的婚姻狀況）

▶ **Ms**. Chen will take the painting she
ordered tomorrow.
陳女士明天會來拿她訂的那幅畫。

much
[mʌtʃ]
名 許多
副 很、十分
形 許多的（修飾不可數名
　　詞）

▶ How **much** is it?
這多少錢。

延伸學習　反 little 少、不多的

mud
[mʌd]
名 爛泥、稀泥

▶ The road is covered by the **mud**.
道路上都覆蓋著爛泥。

延伸學習　同 dirt 爛泥

mu·se·um
[mjuˋzɪəm]
名 博物館

▶ I went to many **museums** in Paris.
我去過很多間位於巴黎的博物館。

mu·sic
[ˋmjuzɪk]
名 音樂

▶ I love pop **music**.
我喜歡流行音樂。

延伸學習　片 listen to music 聽音樂

mu·si·cian
[mjuˋzɪʃən]
名 音樂家

▶ Mozart is my favorite **musician**.
莫札特是我最喜歡的音樂家。

must
[mʌst]
助 必須、必定

▶ You **must** go.
你必須要走。

my
[maɪ]
限 我的
形 我的

▶ **My** bag is heavy.
我的包包很重。

✿ *Nn* ········

nail
[nel]
名 指甲、釘子
動 敲

> Susan was clipping her cat's **nails**.
> 蘇珊正在剪貓的指甲。

name
[nem]
名 名字、姓名、名稱、名義

> What can his English **name** tell you about him?
> 他的英文名字可以讓你知道關於他的一些什麼事？

延伸學習　同 label 名字、稱號

nar·row
[`næro]
形 窄的、狹長的
動 變窄

> I can't put the sofa into the **narrow** room.
> 我無法將沙發放入這狹窄的房間。

延伸學習　同 tight 緊的

na·tion
[`neʃən]
名 國家

> We are a strong **nation**.
> 我們是個很強壯的國家。

延伸學習　同 country 國家

na·tion·al
[`næʃənḷ]
形 國家的

> Moon Festival is a **national** holiday.
> 中秋節是國定假日。

延伸學習　片 national holiday 國定假日

nat·u·ral
[`nætʃərəl]
形 天然生成的

> She's a **natural** beauty.
> 她是天生的美女。

na·ture
[`netʃɚ]
名 自然界、大自然

> I listen to the **nature** music and relax myself.
> 我聽大自然的音樂，放鬆自己。

延伸學習　片 Mother nature 大自然

naugh·ty
[ˋnɔtɪ]
形 不服從的、淘氣的

> My son is **naughty** in kindergarten.
> 我兒子在幼稚園很頑皮。

near
[nɪr]
形 近的、接近的、近親的、
　　親密的

> There is a convenient store **near** here.
> 這附近有家便利商店。
>
> 延伸學習　反 far 遠的

near·ly
[ˋnɪrlɪ]
副 幾乎

> **Nearly** can I see you without my glasses.
> 沒有眼鏡，我幾乎看不到你。
>
> 延伸學習　同 almost 幾乎

nec·es·sa·ry
[ˋnɛsə͵sɛrɪ]
形 必要的、不可缺少的

> Exams are **necessary** evil.
> 考試是必要之惡。

neck
[nɛk]
名 頸、脖子

> The giraffe has a long **neck**.
> 長頸鹿有很長的脖子。

neck·lace
[ˋnɛklɪs]
名 項圈、項鍊

> I bought a **necklace** for my girlfriend.
> 我買條項鍊給我女朋友。

need
[nid]
名 需要、必要
動 需要

> I **need** some water.
> 我需要一些水。
>
> 延伸學習　片 in need 需要幫助的
> 　　　　　同 demand 需要、需求

nee·dle
[ˋnid!]
名 針、縫衣針
動 用針縫

> I am doing **needle** work.
> 我正在縫衣服。

neg·a·tive
[ˋnɛgətɪv]
形 否定的、消極的
名 反駁、否認、陰性

> He always gives people **negative** answer.
> 他總是給人消極的答案。

neigh·bor
[ˋnebɚ]
動 靠近於……
名 鄰居

> I don't like my **neighbor**.
> 我不喜歡我的鄰居。

nei·ther
[ˋniðɚ]
副 兩者都不
代 也非、也不
連 兩者都不

> **Neither** Amy nor Linda is my cup of tea.
> 艾咪跟琳達都不是我的菜。
> 延伸學習　反 both 兩者都

neph·ew
[ˋnɛfju]
名 姪子、外甥

> My **nephew** is one year old.
> 我姪子一歲了。

nerv·ous
[ˋnɝvəs]
形 神經質的、膽怯的

> Tomorrow's speech makes her **nervous**.
> 明天的演講讓她精神緊張。

nest
[nɛst]
名 鳥巢
動 築巢

> There is a **nest** in the tree.
> 樹上有個鳥巢。

nev·er
[ˋnɛvɚ]
副 從來沒有、決不、永不

> **Never** say never.
> 永不言不。
> 延伸學習　反 ever 始終、曾經

new
[nju]
形 新的

> I am looking for a **new** job.
> 我在找新的工作。
> 延伸學習　反 old 老舊的

news
[njuz]
名 新聞、消息（不可數名詞

> I got the **news** from the radio.
> 我從廣播上聽到新聞。

延伸學習　片 No news is good news.
沒有消息就是好消息。
同 information 消息、報導

news·pa·per
[ˋnjuzˏpepɚ]
名 報紙

> My grandma reads **newspaper** every day.
> 我祖母每天都會看報紙。

next
[nɛkst]
副 其次、然後
形 其次的

> See you **next** time.
> 下次見。

延伸學習　同 subsequent 後來的

nice
[naɪs]
形 和藹的、善良的、好的

> The teacher is very **nice**.
> 那老師人很好。

延伸學習　反 nasty 惡意的

niece
[nis]
名 姪女、外甥女

> My sister just gave birth to my **niece**.
> 我姊姊剛生下我姪女。

night
[naɪt]
名 晚上

> Nick didn't come home last **night**.
> 尼克昨晚沒有回家。

延伸學習　反 day 白天

nine
[naɪn]
名 九個

> The fox doesn't have **nine** tails.
> 狐狸沒有九條尾巴。

nine·teen
[ˋnaɪnˏtin]
名 十九

> When she was **nineteen**, she got a driver's license.
> 當她十九歲時，她就考到駕照了。

nine·ty
[ˈnaɪntɪ]
名 九十

> My grandfather died in his **ninety**.
> 我祖父九十歲的時候過世。

no/nope
[no]/[nop]
形 沒有、不、無

> I have **no** idea.
> 我沒有想法。

no·bod·y
[ˈnoˌbɑdɪ]
代 無人
名 無名小卒

> He's just **nobody**!
> 他不過就是個無名小卒。

nod
[nɑd]
動 點、彎曲
名 點頭

> My boss **noded** his head to show his agreement.
> 我老闆點頭贊成。

noise
[nɔɪz]
名 喧鬧聲、噪音、聲音

> Stop making the **noise**.
> 不要製造噪音。

> 延伸學習　反 silence 安靜

nois·y
[ˈnɔɪzɪ]
形 嘈雜的、喧鬧的、熙熙攘攘的

> The baby is very **noisy**.
> 那嬰兒好吵。

> 延伸學習　反 silent 安靜的

none
[nʌn]
代 沒有人

> **None** of us know his name.
> 我們之中沒有人知道他的名字。

noo·dle
[ˈnudl̩]
名 麵條

> I ate **noodles** this evening.
> 我今天晚上吃麵。

noon
[nun]
名 正午、中午

> We had a meeting at **noon**.
> 我們中午時候開會。

nor
[nɔr]
連 既不……也不、（兩者）
　　都不

> Neither Paul **nor** his friends will come.
> 保羅跟他的朋友都不會來。
>
> 延伸學習　反 or 或是

north
[nɔrθ]
名 北、北方
形 北方的

> **North** Korea has nuclear weapons.
> 北韓有核武。
>
> 延伸學習　反 south 南方、南方的

north·ern
[`nɔrðən]
形 北方的

> His lover comes from **northern** China.
> 他的情人來自中國北方。

nose
[noz]
名 鼻子

> Cleopatra's **nose** is pretty.
> 埃及豔后的鼻子很漂亮。

not
[nɑt]
副 不（表示否定）

> I do **not** like the cake.
> 我不喜歡這蛋糕。

note
[not]
名 筆記、便條
動 記錄、注釋

> Don't forget to take a **note**.
> 別忘了記筆記。
>
> 延伸學習　片 take a note 記筆記
>　　　　　　同 write 寫下

note·book
[`not͵bʊk]
名 筆記本

> She took notes in her **notebook**.
> 她在筆記本寫筆記。

noth·ing
[ˋnʌθɪŋ]
副 決不、毫不
名 無關緊要的人、事、物

> There is **nothing** to say.
> 沒有什麼好說的。

no·tice
[ˋnotɪs]
動 注意
名 佈告、公告、啟事

> I didn't **notice** what she said.
> 我沒有注意她說什麼。
>
> 延伸學習　反 ignore 忽略

nov·el
[ˋnɑvl]
形 新穎的、新奇的
名 長篇小說

> I love to read **novels**.
> 我喜歡讀小說。
>
> 延伸學習　同 original 新穎的

No·vem·ber/Nov.
[noˋvɛmbɚ]
名 十一月

> Let's go hiking in **November**.
> 十一月來健行吧。

now
[naʊ]
副 現在、此刻
名 如今、目前

> **Now**, I know everything.
> 現在我知道一切了。
>
> 延伸學習　反 then 那時、當時

num·ber
[ˋnʌmbɚ]
名 數、數字

> What is your lucky **number**?
> 你的幸運數字是幾號？

nurse
[nɝs]
名 護士

> My sister works as a **nurse** in this hospital.
> 我姊姊在這家醫院當護士。

Oo ....

o·bey
[ə`be]
動 遵行、服從

> I never **obey** rules which make no sense to me.
> 我從不服從沒有道理的規定。

延伸學習　同 submit 服從

ob·ject
[`ɑbdʒɛkt]/[əb`dʒɛkt]
名 物體
動 抗議、反對

> He **objected** to their proposal.
> 他反對他們的提議。

延伸學習　同 thing 物、東西
　　　　　反 agree 同意

oc·cur
[ə`kɝ]
動 發生、存在、出現

> It never **occurred** to me that a gift could be missing.
> 我壓根兒沒想到有份禮物會不見。

延伸學習　片 It occurs to… 讓某人想起某事
　　　　　同 happen 發生

o·cean
[`oʃən]
名 海洋

> The Pacific **Ocean** is the largest one.
> 太平洋是最大的海洋。

延伸學習　同 sea 海洋

單字技巧練習題

學單字要有技巧，完成以下單字大題吧。

A. 問答聯想圖，以聯想法記單字：看看下方的提示字、問題，還有空格前後的提示字母，把答案填進空格中。

moon、name、nest

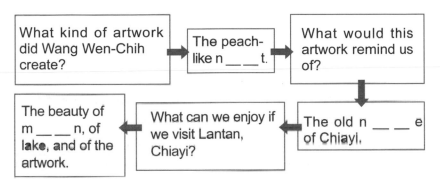

What kind of artwork did Wang Wen-Chih create?

The peach-like n __ __ t.

What would this artwork remind us of?

The old n __ __ e of Chiayi.

What can we enjoy if we visit Lantan, Chiayi?

The beauty of m __ __ n, of lake, and of the artwork.

B. 找字母記單字：看看下方的單字，在文字矩陣中圈出該字的拼字（→、↓、↘）。

Word Bank: mouth, monster, need, more, now

```
M O N S T E R
O N M O R E Y
U N E Q D L M
T M O E R J Z
H L T W D M M
```

C. 前後文線索記單字：看看空格前後文，把最符合句意的單字填
進空格。

moon, memory, make, monster, night

1. Angela _____ a pudding cake for her mother. She
celebrated her mother's birthday with her families.

2. The story I heard when I was a child was full of scary
_____, like a green creature with one eye or a dragon with
three heads.

3. It's _____ time. It's time to turn off the TV, brush your
teeth, and go to bed.

4. The _____ of war made Miss Burnett feel hard to breathe.
Her boyfriend died in the second world war. Every time she
saw his diary, she could not help but crying.

5. In a traditional Chinese festival, most people would eat
_____ cakes and pomelos; some people would have a
BBQ party with their families or friends.

第8階段 OP

單字練習題：分類法記單字、反義字記單字、
前後文線索記單字

第 8 階段 音檔雲端連結

因各家手機系統不同，若無法直接
掃描，仍可以至以下電腦雲端連結
下載收聽。
（https://tinyurl.com/2x3ydeyt）

☺ *Oo* ....

o'clock
[əˋklɑk]
副 ……點鐘

▶ Wake up at 6 **o'clock**.
六點起床。

Oc·to·ber/Oct.
[ɑkˋtobɚ]
名 十月

▶ The National Day of ROC is on **October** 10th.
國慶日在十月十日。

of
[əv]
介 含有、由……製成、關於、從、來自

▶ The table is made **of** wood.
這桌子是木頭做成的。

延伸學習　句 made of 由……製成的

off
[ɔf]
介 從……下來、離開……、不在……之上
副 脫開、去掉

▶ I will take a day **off** tomorrow.
我明天休假。

延伸學習　句 day off 休假

of·fer
[ˋɔfɚ]
名 提供
動 建議、提供

▶ This would be the best **offer**.
這是最好的報價了。

of·fice
[ˋɔfɪs]
名 辦公室

▶ He stayed in the **office** last night.
他昨天晚上待在辦公室。

of·fi·cer
[ˋɔfəsɚ]
名 官員

▶ The **officer** is very mean.
那個官員很苛刻。

延伸學習　同 official 官員

of·fi·cial
[əˋfɪʃəl]
形 官方的、法定的
名 官員、公務員

> What you said is not in the **official** rules.
> 你所說的並不在官方的條規中。

延伸學習　同 authorize 公認

of·ten
[ˋɔfən]
副 常常、經常

> She's **often** late.
> 她常常遲到。

oil
[ɔɪl]
名 油

> You need more **oil** to fry the chicken.
> 你需要多一點油來炸雞。

延伸學習　同 petroleum 石油

old
[old]
形 年老的、舊的

> You are too **old**.
> 你太老了。

延伸學習　反 young 年輕的．

o·mit
[oˋmɪt]
動 遺漏、省略、忽略

> You must have **omitted** something.
> 你一定遺漏了什麼。

延伸學習　同 neglect 忽略

on
[ɑn]
介 （表示地點）在 ...... 上、
　　在⋯⋯的時候、 在⋯⋯
　　狀態中
副 在上

> The book is **on** the table.
> 那本書在桌子上。

once
[wʌns]
副 一次、曾經
連 一旦
名 一次

> I have met her **once**.
> 我見過她一次。

延伸學習　反 again 再一次

one
[wʌn]
形 一的、一個的
名 一、一個

I have **one** more thing to say.
我還有一件事要説。

on·ion
[ˋʌnjən]
名 洋蔥

You need some **onions** to make tasty soup.
你需要一些洋蔥才能做出好喝的湯。

on·ly
[ˋonlɪ]
形 唯一的、僅有的
副 只、僅僅

The **only** thing I want from you is the truth.
我只要你告訴我實話。

延伸學習 　同 simply 僅僅、只不過

o·pen
[ˋopən]
形 開的、公開的
動 打開

Open the door please.
請打開門。

延伸學習 　片 open-minded 心胸開闊
　　　　　　反 close 關

op·er·ate
[ˋɑpə͵ret]
動 運轉、操作

Do you know how to **operate** the machine?
你知道如何操作這台機器嗎？

o·pin·ion
[əˋpɪnjən]
名 觀點、意見

In my **opinion**, this place is perfect for camping.
就我的觀點來説，這是個露營的完美地點。

延伸學習 　片 In my opinion 就我的觀點來說
　　　　　　同 view 觀點

op·por·tu·ni·ty
[͵ɑpəˋtjunətɪ]
名 機遇、機會

That will be a great **opportunity** to show your singing talent.
那會是顯露你唱歌才能的大好機會。

or
[ɔr]
連 或者、否則

Which one do you want, juice **or** tea?
你要哪一個，果汁還是茶？

or·ange
[ˋɔrɪndʒ]
名 柳丁、柑橘
形 橘色的

> There are **oranges** on the tree.
> 樹上有柳丁。

or·der
[ˋɔrdɚ]
名 次序、順序、命令
動 命令、訂購

> I have **ordered** a lunch box.
> 我訂了一個午餐盒。

延伸學習 同 command 指揮、命令

or·di·nar·y
[ˋɔrdṇˌɛrɪ]
形 普通的

> Do you know the life of an **ordinary** person?
> 你知道普通人的生活是怎樣嗎？

延伸學習 同 usual 平常的

or·gan·i·za·tion
[ˌɔrgənəˋzeʃən]
名 組織、機構

> Most people in the **organization** obey rules.
> 這機構的多數人遵守規則。

延伸學習 同 institution 機構

or·gan·ize
[ˋɔrgənˌaɪz]
動 組織、系統化

> I need to **organize** the department.
> 我想要讓這個部門更有組織。

oth·er
[ˋʌðɚ]
形 其他的、另外的

> Do you have **other** questions?
> 你有其他問題嗎？

延伸學習 同 additional 其他的

our(s)
[ˋaʊr(z)]
代 我們的（東西）

> This is **our** home.
> 這是我們的家。

out
[aʊt]
副 離開、向外
形 外面的、在外的

> Get **out** of here.
> 離開這裡。

延伸學習 反 in 在裡面的

out·side
[ˋautˏsaɪd]
介 在 ...... 外面
形 外面的
名 外部、外面

> There is a dog **outside** the door.
> 門外有一條狗。

延伸學習　反 inside 裡面的

ov·en
[ˋʌvən]
名 爐子、烤箱

> I put the turkey into the **oven**.
> 我把火雞放到烤箱裡面了。

延伸學習　同 stove 爐子

o·ver
[ˋovɚ]
介 在 ...... 上方、遍及、超過
副 翻轉過來
形 結束的、過度的

> There is a rainbow **over** the hill.
> 山丘上有一道彩虹。

o·ver·pass
[ˏovɚˋpæs]
名 天橋、高架橋

> I am on the **overpass**.
> 我在天橋上。

over·seas
[ˏovɚˋsiz]
形 國外的、在國外的
副 在海外、在國外

> I will be an **overseas** student.
> 我將會成為海外學生。

延伸學習　同 abroad 在國外

own
[on]
形 自己的
代 屬於某人之物
動 擁有

> I have my **own** problem.
> 我有自己的問題。

延伸學習　同 possess 擁有

own·er
[ˋonɚ]
名 物主、所有者

> The **owner** of the house doesn't want to sell it.
> 這間房子的屋主不想賣。

延伸學習　同 holder 持有者

ox
[ɑks]
名 公牛

> There are some **oxen** on the farm.
> 在農場上有幾頭公牛。

延伸學習 名詞複數 oxen

 **Pp** ········

pack
[pæk]
名 一包
動 打包

> Could you please **pack** it for me?
> 請問你可以幫我打包嗎？

pac·kage
[ˋpækɪdʒ]
名 包裹
動 包裝

> I got a **package** this morning.
> 我今天早上收到一個包裹。

page
[pedʒ]
名 （書上的）頁

> Which **page** are you reading?
> 你在看哪一頁？

pain
[pen]
名 疼痛
動 傷害

> The **pain** of losing a child makes her crazy.
> 失去孩子的傷痛讓她瘋掉。

pain·ful
[ˋpenfəl]
形 痛苦的

> The disease makes him **painful**.
> 疾病讓他很痛苦。

paint
[pent]
名 顏料、油漆
動 粉刷、油漆、（用顏料）繪畫

> I am **painting** the wall.
> 我在粉刷這面牆。

延伸學習 同 draw 畫、描繪

paint·er
['pentɚ]
名 畫家

> Da Vinci is widely known as a **painter**.
> 眾所周知，達文西是一個畫家。

paint·ing
['pentɪŋ]
名 繪畫

> What's the value of the **painting**?
> 這幅畫有什麼價值？

pair
[pɛr]
名 一雙、一對
動 配成對

> I wear a **pair** of blue shoes.
> 我穿一雙藍色的鞋子。
>
> 延伸學習　同 couple 一對、一雙

pa·ja·mas
[pə'dʒæməz]
名 睡衣

> Why are you still wearing **pajamas**?
> 你為什麼還穿著睡衣呢？
>
> 延伸學習　名詞複數 pajamas

pale
[pel]
形 蒼白的

> You look **pale**.
> 你看起來臉色蒼白。

pan
[pæn]
名 平底鍋

> I used the **pan** to make this dish.
> 我用這個平底鍋做出這道菜的。

pan·da
['pændə]
名 貓熊

> **Pandas** remind people of China.
> 貓熊讓人想到中國。

pa·pa·ya
[pə'paɪə]
名 木瓜

> I prefer to drink **papaya** milk
> 我比較想喝木瓜牛奶。

pa·per
['pepɚ]
名 紙、報紙

> I need a piece of **paper** to write it down.
> 我需要一張紙把它寫下來。

par·don
[`pɑrdn̩]
名 原諒
動 寬恕

> **Pardon** me.
> 原諒我。

延伸學習　同 forgive 原諒

par·ent(s)
[`pɛrənt(s)]
名 雙親、家長

> My **parents** are young.
> 我爸媽很年輕。

延伸學習　片 helicopter parents 直升機家長
　　　　　（過份介入孩子生活的家長）
　　　　　反 child 小孩

park
[pɑrk]
名 公園
動 停放（汽車等）

> See you at the **park**.
> 公園見。

par·rot
[`pærət]
名 鸚鵡

> The **parrot** can speak many languages!
> 這隻鸚鵡會說很多語言。

part
[pɑrt]
名 部分
動 分離、使分開

> A **part** of the apple is eaten.
> 部分的蘋果被吃掉了。

par·tic·u·lar
[pə`tɪkjələ]
形 特別的

> Some students may have this kind of **particular** question.
> 有些學生會有這種特別的問題。

延伸學習　同 special 特別的

part·ner
[`pɑrtnə]
名 夥伴

> He is the best **partner** I have ever had.
> 他是我最好的夥伴。

par·ty
[`pɑrtɪ]
名 聚會、黨派

> Are you going to her birthday **party**?
> 你會去她的生日派對嗎？

pass
[pæs]
名（考試）及格、通行證
動 經過、消逝、通過

> I will **pass** the exam.
> 我會通過那場考試。

延伸學習　反 fail 不及格

pas·sen·ger
[`pæsn̩dʒɚ]
名 旅客

> All the **passengers** are boarding.
> 所有旅客登機中。

paste
[pest]
名 漿糊
動 黏貼

> I am **pasting** the stamps on the enve- lope.
> 我正把郵票貼到信封上。

延伸學習　同 glue 黏著劑、膠水

path
[pæθ]
名 路徑

> She found a beautiful flower beside the **path**.
> 她在這條路徑旁發現一朵漂亮的小花。

延伸學習　同 route 路程

pa·tient
[`peʃənt]
形 忍耐的
名 病人

> The doctor is very **patient**.
> 這位醫生很有耐心。

pat·tern
[`pætɚn]
名 模型、圖樣
動 仿照

> I love the **pattern** on the clothes.
> 我喜歡這件衣服的圖樣。

pause
[pɔz]
名 暫停、中止

> Aunt Lisa spoke for twenty minuteswithout a **pause**.
> 麗莎阿姨連講了二十分鐘，沒有停過。

延伸學習　同 cease 停止

pay
[pe]
名 工資、薪水
動 付錢

How much did you **pay**?
你付多少錢？

peace
[pis]
名 和平

World **peace** is her only wish.
世界和平是她唯一的願望。

延伸學習　反 war 戰爭

peace·ful
['pisfəl]
形 和平的

The country is very **peaceful**.
這國家很和平。

延伸學習　同 quiet 平靜的

peach
[pitʃ]
名 桃子

I ate a **peach** after dinner.
我晚餐後吃了顆桃子。

pear
[pɛr]
名 梨子

We bought some **pears** in the supermarket.
我們在超市買了些梨子。

pen
[pɛn]
名 鋼筆、原子筆

Pens are important for students.
筆對學生來說很重要。

pen·cil
['pɛnsḷ]
名 鉛筆

Do the exercises with a **pencil**.
用鉛筆做習題。

peo·ple
['pipḷ]
名 人、人們、人民、民族

The **people** of the country are tall.
這國家的人民都很高。

pep·per
['pɛpɚ]
名 胡椒

I added some **pepper** to the soup.
我在湯裡面加了一些胡椒。

per·fect
[ˋpɝfɪkt]
形 完美的

> My girlfriend is almost **perfect**.
> 我女友幾乎是完美的。

延伸學習　同 ideal 完美的、理想的

per·haps
[pəˋhæps]
副 也許、可能

> **Perhaps** I will stay here.
> 我可能會待在這裡。

延伸學習　同 maybe 也許

pe·ri·od
[ˋpɪrɪəd]
名 期間、時代

> In this **period**, human beings lived in thecave.
> 在這時期，人類住在洞穴中。

延伸學習　片 in a period 生理期
　　　　　同 era 時代

per·son
[ˋpɝsn̩]
名 人

> The **person** is strange.
> 這人好怪。

per·son·al
[ˋpɝsn̩l̩]
形 個人的

> May I ask you a **personal** question?
> 我可以問你一個個人的問題嗎？

延伸學習　同 private 私人的

pet
[pɛt]
名 寵物、令人愛慕之物
形 寵愛的、得意的

> The turtle is my **pet**.
> 這隻烏龜是我的寵物。

pho·to·graph/ pho·to
[ˋfotəˏgræf]/[ˋfoto]
名 照片
動 照相

> May I take a **photo** of you?
> 我可以為你拍張照嗎？

延伸學習　片 take a photo 照相

pho·tog·ra·pher
[fə`tɑgrəfə]
名 攝影師

> The **photographer** took a photo in the mountains.
> 這位攝影師在山上攝影。

pi·an·o
[pɪ`æno]
名 鋼琴

> She is playing the **piano**.
> 她正在彈鋼琴。

pick
[pɪk]
動 摘、選擇
名 選擇

> Please **pick** up the pen for me.
> 請幫我拿起筆來。
>
> 延伸學習　片 pick up 撿起來

pic·nic
[`pɪknɪk]
名 野餐
動 去野餐

> If it rains tomorrow, we will cancel the **picnic**.
> 如果明天下雨，我們將會取消野餐。
>
> 延伸學習　片 go picnic 去野餐

pic·ture
[`pɪktʃə]
名 圖片、相片 動畫

> Show me the **picture**.
> 給我看這張照片。
>
> 延伸學習　片 take a picture 照相
> 　　　　　同 image 圖像

pie
[paɪ]
名 派、餡餅

> We baked a **pie** for the festival.
> 我們烤了個派慶祝節慶。
>
> 延伸學習　片 A promise is like a pie crust, easy to be broken.
> 　　　　　承諾就像派的皮一樣，很容易碎。

piece
[pis]
名 一塊、一片

> Give me a small **piece** of cake.
> 給我一小塊蛋糕就好。
>
> 延伸學習　同 fragment 碎片

pig
[pɪg]
名 豬

> There are so many **pigs** in the farm.
> 這座農場裡有好多的豬。

pi·geon
[`pɪdʒən]
名 鴿子

> People used to use **pigeons** to send letters.
> 人們曾經用鴿子送信。

延伸學習 同 dove 鴿子

pile
[paɪl]
名 堆
動 堆積

> There is a **pile** of woods.
> 這邊有一堆木頭。

延伸學習 同 heap 堆積

pil·low
[`pɪlo]
名 枕頭
動 以……為枕

> You need a good **pillow** so that you can sleep well.
> 你需要一個好的枕頭才能睡得好。

延伸學習 同 cushion 靠墊

pin
[pɪn]
名 針
動 釘住

> I used a **pin** to fix the clothes.
> 我用針固定衣服。

延伸學習 同 clip 夾住

pine·ap·ple
[`paɪnˌæpl̩]
名 鳳梨

> I want to eat **pineapple** cakes.
> 我要吃鳳梨酥。

pink
[pɪŋk]
形 粉紅的
名 粉紅色

> The girl in **pink** is my sister.
> 那穿著粉紅色衣服的女孩是我妹妹。

pipe
[paɪp]
名 管子
動 以管傳送

> The major water **pipe** burst and the road is wet.
> 主要的水管爆裂，馬路整片溼。

延伸學習 同 tube 管子

piz·za
[ˋpitsə]
名 披薩

> I can't eat a **pizza** because I am on a diet.
> 我不能吃披薩因為我正在減肥。

place
[ples]
名 地方、地區、地位
動 放置

> It is a nice **place**.
> 這是個很棒的地方。
>
> 延伸學習　反 displace 移開

plain
[plen]
名 平原
形 平坦的

> Hundreds of sheep live on the **plains**.
> 數以百計的綿羊住在平原上。

plan
[plæn]
動 計畫、規劃
名 計畫、安排

> Do you have any **plan** of studying abroad?
> 你有任何出國唸書的計畫嗎？
>
> 延伸學習　同 project 計畫

plan·et
[ˋplænɪt]
名 行星

> Earth is the **planet** which the Little Prince visited.
> 小王子曾造訪過的正是地球這顆星球。

plant
[plænt]
名 植物、工廠
動 栽種

> It is the tallest **plant**.
> 這是最高的植物。
>
> 延伸學習　反 animal 動物

plate
[plet]
名 盤子

> The **plate** is filled with delicious food.
> 這盤子裝滿了好吃的食物。
>
> 延伸學習　同 dish 盤子

plat·form
[`plætfɔrm]
名 平臺、月臺

> I am waiting for the train on **platform** 3.
> 我在三號月台等火車。

延伸學習 同 stage 平臺

play
[ple]
名 遊戲、玩耍
動 玩、做遊戲、扮演、演奏

> Let's **play** the game together.
> 一起玩遊戲吧。

延伸學習 同 game 遊戲

play·er
[`pleɚ]
名 運動員、演奏者、玩家

> Kobe is one of the best Lakers **players**.
> 柯比是湖人隊中最好的運動員之一。

延伸學習 同 sportsman 運動員

play·ground
[`ple‚graʊnd]
名 運動場、遊戲場

> Let's go to the **playground** and exercise.
> 讓我們去運動場運動吧。

pleas·ant
[`plɛznt]
形 愉快的

> Wish you a **pleasant** day.
> 祝你有愉快的一天。

please
[pliz]
動 請、使高興、取悅

> **Please** follow me.
> 請跟著我。

延伸學習 反 displease 得罪、觸怒

pleas·ure
[`plɛʒɚ]
名 愉悅

> I can get lots of **pleasure** when I achieve this goal.
> 當我達到這個目標時，我會感到很愉悅。

延伸學習 反 misery 悲慘

plus
[plʌs]
介 加
名 加號
形 加的

One **plus** one equals two.
一加一等於二。

延伸學習　同 additional 附加的

pock·et
[ˋpɑkɪt]
名 口袋
形 小型的、袖珍的

It's a blue vest with two **pockets**.
這件藍色背心有兩個口袋。

po·em
[ˋpoɪm]
名 詩

I read lots of **poems** in literature class.
我在文學課讀到很多的詩。

point
[pɔɪnt]
名 尖端、點、要點、（比賽中所得的）分數
動 瞄準、指向

You got the **point**.
你抓到重點了。

延伸學習　片 point to 指向
　　　　　同 dot 點

poi·son
[ˋpɔɪzn̩]
名 毒藥
動 下毒

Snow White ate the **poisoned** apple.
白雪公主吃了毒蘋果。

po·lice
[pəˋlis]
名 警察

The **police** are looking for a missing old man.
警方正在尋找一位失蹤的老人。

po·lice·man/cop
[pəˋlismən]/ [kɑp]
名 警察

He is a **policeman**.
他是警察。

pol·i·cy
[ˈpɑləsɪ]
名 政策

He won lots of votes because of the future **policy** he proposed.
他因為所提出的未來政策而贏得許多選票。

po·lite
[pəˈlaɪt]
形 有禮貌的

People like the **polite** boy.
大家都喜歡這有禮貌的男孩。

pol·lute
[pəˈlut]
動 污染

Stop **polluting** the river.
不要再污染河流了。

pond
[pɑnd]
名 池塘

The ducks are swimming in the **pond**.
鴨子在池塘裡游泳。

pool
[pul]
名 水池

The **pool** is too deep.
這水池太深了。

poor
[pʊr]
形 貧窮的、可憐的、差的、壞的
名 窮人

They are **poor**.
他們很窮。

延伸學習　反 rich 富有的

pop·corn
[ˈpɑpˌkɔrn]
名 爆米花

Go to the cinema with **popcorn**.
帶著爆米花進戲院。

pop·u·lar
[ˈpɑpjələ]
形 流行的

The song is **popular** in Taiwan.
這首歌在台灣很流行。

pop·u·la·tion
[ˌpɑpjəˈleʃən]
名 人口

> China is a country with a great amount of **population**.
> 中國是個有大量人口的國家。

pork
[pork]
名 豬肉

> I made this dish with **pork**.
> 我這道菜是用豬肉做的。

po·si·tion
[pəˈzɪʃən]
名 位置、工作職位、形勢

> I want to apply for the **position**.
> 我要申請這職位。
> 延伸學習　同 location 位置

pos·i·tive
[ˈpɑzətɪv]
形 確信的、積極的、正的

> Give me a **positive** answer.
> 給我一個正面的答案。
> 延伸學習　同 certain 確信的

pos·si·ble
[ˈpɑsəbl]
形 可能的

> Is it **possible** that he will win?
> 他有可能會贏嗎？
> 延伸學習　同 likely 可能的

post
[post]
名 郵件
動 郵寄、公佈

> I will **post** it on facebook.
> 我會公布在臉書上。

post·card
[ˈpostˌkɑrd]
名 明信片

> I just got a **postcard** from Ireland.
> 我收到一張從愛爾蘭來的明信片。

pot
[pɑt]
名 鍋、壺

> The water in the **pot** is boiling.
> 這壺子裡的水滾了。
> 延伸學習　句 The pot calls the kettle black.
> 　　　　　　五十步笑百步。
> 　　　　　　同 vessel 器皿

po·ta·to
[pə`teto]
名 馬鈴薯

> French fries are made of **potatoes**.
> 薯條是馬鈴薯做的。

pound
[paʊnd]
名 磅、英磅
動 重擊

> I got three **pounds** in this week!
> 我這禮拜胖了三英磅。

pow·der
[`paʊdə]
名 粉
動 灑粉

> Milk **powder** is spilled on the table.
> 奶粉灑在桌上。

pow·er
[`paʊə]
名 力量、權力、動力

> Some German protested against the building of the nuclear **power** plant.
> 有些德國人反對核能電廠建立。

延伸學習　日 nuclear power 核能
　　　　　同 strength 力量

pow·er·ful
[`paʊəfəl]
形 有力的

> The man is **powerful**.
> 這男人很有力。

prac·tice
[`præktɪs]
名 實踐、練習、熟練
動 練習

> You need to **practice** more.
> 你需要多加練習。

延伸學習　日 Practice makes perfect.
　　　　　　勤能補拙。
　　　　　同 exercise 練習

praise
[prez]
動 稱讚
名 榮耀

> The man is happy when he is **praised** by women.
> 這男人被女人稱讚的時候就會很開心。

延伸學習　同 compliment 稱讚

pray
[pre]
動 祈禱

> I will **pray** for you.
> 我會為你祈禱。
>
> 延伸學習　同 beg 祈求

pre·cious
[`prɛʃəs]
形 珍貴的

> The wood box is more **precious** than the pearl inside.
> 木盒比盒內的珍珠更珍貴。
>
> 延伸學習　同 valuable 珍貴的

pre·fer
[prɪˋfɝ]
動 偏愛、較喜歡

> I **perfer** the pink one.
> 我偏愛粉紅色的。
>
> 延伸學習　同 favor 偏愛

pre·pare
[priˋpɛr]
動 預備、準備

> I will **prepare** something for you.
> 我會幫你準備點東西。

pres·ent
[`prɛznt]/[prɪˋzɛnt]
名 片刻、禮物
動 呈現
形 目前的

> Today is the best **present**.
> 今天就是最好的當下。（把握時光。）
>
> 延伸學習　同 gift 禮物

pres·i·dent
[`prɛzədənt]
名 總統

> The **president** is guilty.
> 這總統是有罪的。

press
[prɛs]
名 印刷機、新聞界
動 壓下、強迫

> You can open the door by **pressing** the button.
> 你按下這個鈕就可以開門。
>
> 延伸學習　片 press conference 記者會
> 　　　　　同 force 強迫

pret·ty
[`prɪtɪ]
形 漂亮的、美好的

> She is very **pretty**.
> 她很漂亮。
>
> 延伸學習　同 lovely 可愛的

price
[praɪs]
名 價格、代價

The **price** is too high.
這價格太高了。

延伸學習　同 value 價格、價值

priest
[prist]
名 神父

Some **priests** didn't even behave like priests.
有些神父甚至表現的一點都不像神父。

pri·mar·y
[`praɪˌmɛrɪ]
形 主要的

The **primary** concern of this organization is to help abused children.
這個組織最關心的是幫助受虐兒。

prince
[prɪns]
名 王子

I feel he's my **Prince** Charming.
我覺得他是我的白馬王子。

延伸學習　片 Prince Charming 白馬王子

prin·cess
[`prɪnsɪs]
名 公主

She considers herself a **princess**.
她以為自己是公主。

prin·ci·pal
[`prɪnsəpl]
名 校長、首長
形 首要的

The principal reason of their divorce is the wife's betrayal.
他們離婚的主要原因是太太的背叛。

prin·ci·ple
[`prɪnsəpl]
名 原則

The **principles** make her uncomfortable.
這些原則讓她很不舒服。

延伸學習　同 standard 規範

print
[prɪnt]
名 印跡、印刷字體、版
動 印刷

Let's **print** it out.
把它印出來。

print·er
[ˋprɪntɚ]
名 印刷工、印表機

My **printer** doesn't work.
我的印表機壞掉了。

pris·on
[ˋprɪzn̩]
名 監獄

The school is like a **prison** for her.
對她來說學校就像是監獄一樣。

延伸學習 片 in prison 坐牢
同 jail 監獄

pris·on·er
[ˋprɪznɚ]
名 囚犯

Give the **prisoner** a chance.
給這個囚犯一個機會。

pri·vate
[ˋpraɪvɪt]
形 私密的

She refused to answer any questions about her **private** life.
她拒絕回答任何關於她私人生活的問題。

prize
[praɪz]
名 獎品
動 獎賞、撬開

I won the first **prize**.
我贏得頭獎。

延伸學習 同 reward 獎品

A. 分類法記單字：把與主題相關的詞彙填入正確的框裡。

powerful, princess, prepare, pleasant, point, offer

動詞	名詞	形容詞

B. 反義字記單字：閱讀句子，並留意劃底線的單字。看看框中的單字，選出 相對應的反義字。

_____ 1. Positive thinking can help a person keep on working hard with the best hope.
   a. confidant   b. negative   c. perfect

_____ 2. The painting of lotus is precious. It was created by ChangDaichien, a well-known Chinese artist.
   a. cheap   b. dear   c. prized

_____ 3. When you're angry, you're not pretty anymore. You look like an evil stepmother.
   a. lovely   b. beautiful   c. ugly

_____ 4. Living like a princess is certainly a pleasant thing, yet is itmeaningful?
   a. satisfying   b. cheerful   c. unpleasant

C. 前後文線索記單字：看看空格前後文，把最符合句意的單字填進空格。

person, pleasant, point, prince, overseas

1. The biggest dream of Samantha is to have an _____ (overseas) job. She plans to go to Canada to be a teacher who teaches Chinese.

2. Wow, the model wears silk shirt and elegant pants and acts so gracefully. He looks like a _____(prince).

3. Do you know a _____ (person) who holds a white cat and often hangs around here?

4. If the child has no intention to be kind, what's the _____ (point) of bringing him to this world?

5. Going to a movie and eating some popcorns are _____ (pleasant). You may just sit there and enjoy the movie.

第9階段

PQRS

單字練習題：分類法記單字、找字母記單字、
前後文線索記單字

第 9 階段 音檔雲端連結

因各家手機系統不同，若無法直接
掃描，仍可以至以下電腦雲端連結
下載收聽。
（https://tinyurl.com/bdzdyyyh）

 **Pp** ....

prob·lem
[ˋprɑbləm]
名 問題

> Do you have any **problems**?
> 你有什麼問題嗎？

延伸學習 反 solution 解答

pro·duce
[prəˋdjus]/[ˋprɑdjus]
動 生產
名 產品

> These shoes are **produced** in Vietnam.
> 這些鞋子是在越南生產的。

延伸學習 同 make 生產

prod·uct
[ˋprɑdəkt]
名 產品

> Our **product** is on the top ten list of the headphones in Asian areas.
> 我們的產品在亞州區的耳機中名列前十名。

pro·gram
[ˋprogræm]
名 節目

> The **program** is good for housewives.
> 這個節目對家庭主婦來講還滿好的。

pro·gress
[ˋprɑgrɛs]/[prəˋgrɛs]
名 進展
動 進行

> His **progress** amazed the teacher.
> 他的進展讓老師大吃一驚。

延伸學習 同 proceed 進行

proj·ect
[ˋprɑdʒɛkt]/[prəˋdʒɛkt]
名 計畫
動 推出、投射

> My boss is interested in the **project**.
> 我的老闆對這個計畫充滿興趣。

prom·ise
[ˋprɑmɪs]
名 諾言
動 約定

> I **promise** I will always love you.
> 我承諾會永遠愛你。

延伸學習 同 swear 承諾

pro·nounce
[prə`naʊns]
動 發音

> How do you **pronounce** this word?
> 你怎麼唸這個字？

pro·pose
[prə`poz]
動 提議、求婚

> Many people in the country **propose** to legalize gay marriage.
> 這國家有很多人提議將同性婚姻合法化。
>
> 延伸學習　同 offer 提議

pro·tect
[prə`tɛkt]
動 保護

> Parents should **protect** their children, but not do too much for them.
> 父母應該要保護小孩，但不要為他們做太多。

pro·tec·tion
[prə`tɛkʃən]
名 保護

> Don't hurt your children in the name of **protection**.
> 不要以保護之名，行傷害小孩之實。

proud
[praʊd]
形 驕傲的

> You are too **proud**.
> 你太驕傲了。
>
> 延伸學習　片 be proud of 以……為傲
> 　　　　　同 arrogant 傲慢的

prove
[pruv]
動 證明、證實

> **Prove** yourself.
> 證明你自己。
>
> 延伸學習　同 confirm 證實

pro·vide
[prə`vaɪd]
動 提供

> The school **provides** him with scholarship.
> 這學校提供他獎學金。
>
> 延伸學習　片 provide with 提供……
> 　　　　　同 supply 提供

pub·lic
[`pʌblɪk]
形 公眾的
名 民眾

> The **public** is against the law.
> 民眾反對這項法律。

延伸學習　反 private 私人的

pull
[pʊl]
動 拉、拖

> **Pull** the door.
> 拉開門。

延伸學習　反 push 推

pump
[pʌmp]
名 抽水機
動 抽水、汲取

> This is the first **pump** in the village.
> 這是村子裡第一個抽水機。

pump·kin
[`pʌmpkɪn]
名 南瓜

> We made a **pumpkin** lantern by Halloween.
> 我們在萬聖節前做南瓜燈。

pun·ish
[`pʌnɪʃ]
動 處罰

> The teacher **punished** the naughty students.
> 這老師懲罰不乖的學生。

pup·py
[`pʌpɪ]
名 小狗

> She saw a lovely **puppy** on the street.
> 她在路上看到一隻可愛的小狗。

pur·ple
[`pɝpl̩]
名 紫色
形 紫色的

> The **purple** flower is pretty.
> 這朵紫色的花很漂亮。

pur·pose
[`pɝpəs]
名 目的、意圖

> What's your **purpose**?
> 你的目的是什麼？

延伸學習　片 on purpose 故意的
　　　　　同 aim 目的

purse
[pɝs]
名 錢包

▶ Where is my **purse**?
我的錢包在哪裡？

延伸學習 同 wallet 錢包

push
[pʊʃ]
動 推、壓、按、促進
名 推、推動

▶ Don't **push** me.
不要推我。

延伸學習 反 pull 拉、拖

put
[pʊt]
動 放置

▶ Just **put** it aside.
把它放一邊就好。

延伸學習 同 place 放置

puz·zle
[ˈpʌzl̩]
名 難題、謎
動 迷惑

▶ Can you solve the **puzzle**?
你可以解開這難題嗎？

延伸學習 同 mystery 謎

 **Qq** ....

qual·i·ty
[ˈkwɑlətɪ]
名 品質

▶ The **quality** of the goods is not good enough.
這商品的品質不夠好。

quar·ter
[ˈkwɔrtɚ]
名 四分之一
動 分為四等分

▶ Give me a **quarter** of the cake.
給我四分之一塊蛋糕。

queen
[kwin]
名 女王、皇后

▶ The **queen** is waving her hands.
女王在揮手。

延伸學習 反 king 國王

ques·tion
['kwɛstʃən]
名 疑問、詢問
動 質疑、懷疑

▷ I have some **questions**.
我有些問題。

延伸學習　反 answer 答案

quick
[kwɪk]
形 快的
副 快

▷ His action was not **quick** enough.
他的動作不夠快。

延伸學習　同 fast 快

qui·et
['kwaɪət]
形 安靜的
名 安靜
動 使平靜

▷ She's very **quiet**.
她很安靜。

延伸學習　同 still 寂靜的

quit
[kwɪt]
動 離去、解除

▷ I **quit** my job.
我離職了。

quite
[kwaɪt]
副 完全地、相當、頗

▷ The boy is **quite** angry.
那男孩相當生氣。

quiz
[kwɪz]
名 測驗
動 對⋯⋯進行測驗

▷ I am preparing for the **quiz** tomorrow.
我正在準備明天的測驗。

延伸學習　同 test 測驗

名詞複數　quizzes

🗨 *Rr* ....

rab·bit
[`ræbɪt]
名 兔子

> The **rabbit** is as big as a cat.
> 這隻兔子跟貓一樣大。

race
[res]
動 賽跑
名 種族、比賽

> We are the same **race**.
> 我們都是同種族的人。
>
> 延伸學習　同 folk （某一民族的）廣大成員

ra·di·o
[`redɪo]
名 收音機

> Let's listen to the **radio**.
> 聽聽收音機吧。

rail·road
[`relˌrod]
名 鐵路

> The **railroad** is very long.
> 這條鐵路很長。

rain
[ren]
名 雨、雨水
動 下雨

> It's **raining**.
> 正在下雨
>
> 延伸學習　片 It rains cats and dogs. 下大雨。
> 　　　　　同 shower 雨、降雨

rain·bow
[`renˌbo]
名 彩虹

> There is a **rainbow** after the rain.
> 雨後有彩虹。

rain·y
[`renɪ]
形 多雨的

> It's a **rainy** day.
> 這是一個多雨的日子。

raise
[rez]
動 舉起、抬起、提高、養育

> **Raise** your hands, please.
> 請舉手。
>
> 延伸學習　反 lower 下降

range
[rendʒ]
名 範圍
動 排列

> The **range** of her academic study is wide.
> 她研究範圍很廣。
>
> 延伸學習　同 limit 範圍

rap·id
[ˋræpɪd]
形 迅速的

> The **rapid** act of his saved her life.
> 他迅速的動作救了她一命。
>
> 延伸學習　同 quick 迅速的

rare
[rɛr]
形 稀有的

> It's **rare** to see a panda here.
> 很難得可以在這邊看見貓熊。

rat
[ræt]
名 老鼠

> I heard a **rat** running.
> 我聽到老鼠在跑。
>
> 延伸學習　同 mouse 老鼠

rath·er
[ˋræðɚ]
副 寧願

> The spy would **rather** die than tell them the truth.
> 特務寧願死也不願告訴他們實話。
>
> 延伸學習　片 would rather 寧可

reach
[ritʃ]
動 伸手拿東西、到達

> I can't **reach** the box.
> 我伸手拿不到那只箱子。
>
> 延伸學習　同 approach 接近

read
[rid]
動 讀、看（書、報等）、朗讀

> **Read** it to me.
> 唸給我聽。

read·y
[ˈrɛdɪ]
形 作好準備的

> Are you **ready**?
> 你做好準備了嗎？

re·al
[ˈriəl]
形 真的、真實的
副 真正的

> Is it **real**?
> 這是真的嗎？

延伸學習 同 actual 真的、真正的

real·ize
[ˈriəˌlaɪz]
動 實現、瞭解

> She works hard to **realize** her dream.
> 她很努力實現夢想。

延伸學習 片 realize one's dream 實現夢想

rea·son
[ˈrizn̩]
名 理由

> That's the **reason**!
> 這就是原因了啊！

延伸學習 同 cause 理由、原因

re·ceive
[rɪˈsiv]
動 收到

> Did you **receive** her mail?
> 你有收到她的信嗎？

延伸學習 反 send 發送、寄

re·cent
[ˈrisn̩t]
形 最近的

> Smartphones have been popular in **recent** year.
> 近幾年智慧型手機很流行。

re·cord
[ˈrɛkəd]/[rɪˈkɔrd]
名 紀錄、唱片
動 記錄

> He broke the **record** in this competition.
> 他在這場比賽中打破紀錄了。

延伸學習 片 break the record 打破紀錄

re·cov·er
[rɪˈkʌvə]
動 恢復、重新獲得

> The doctor says it will take Mrs. Lin two weeks to **recover**.
> 醫生說林太太需要兩星期才會恢復。

rec·tan·gle
[`rɛktæŋgl]
名 長方形

> The shape of the building is not **rectangle**.
> 這棟建築不是長方形的。

red
[rɛd]
名 紅色
形 紅色的

> The **red** coat is not cheap.
> 那件紅色的外套並不便宜。

re·frig·er·a·tor/ fridge/ice·box
[rɪ`frɪdʒəˌretə]/[frɪdʒ]/ [`aɪsˌbɑks]
名 冰箱

> I put the milk into the **refrigerator**.
> 我把牛奶放入冰箱裡。

re·fuse
[rɪ`fjuz]
動 拒絕

> I **refuse** to forgive her.
> 我拒絕原諒她。
> 延伸學習 同 reject 拒絕

re·gard
[rɪ`gɑrd]
動 注視、認為
名 注視

> I **regard** her as my best friend.
> 我將她視為我最好的朋友。
> 延伸學習 同 judge 認為

re·gion
[`ridʒən]
名 區域

> The **region** is not ruled by the king.
> 這區域不受國王的統轄。
> 延伸學習 同 zone 區域

re·gret
[rɪ`grɛt]
動 後悔、遺憾
名 悔意

> Say sorry to her, or you'll **regret**.
> 跟她道歉，不然你會後悔的。

reg·u·lar
[`rɛgjələ]
形 平常的、定期的、規律 的

> I know its **regular** schedule.
> 我知道它平常的時刻表。
> 延伸學習 同 usual 平常的

re·ject
[rɪˋdʒɛkt]
動 拒絕

> I **reject** to help him.
> 我拒絕幫助他。

re·mem·ber
[rɪˋmɛmbɚ]
動 記得

> Do you **remember** to lock the door?
> 你有記得鎖門嗎？
>
> 延伸學習　同 remind 使記起

re·mind
[rɪˋmaɪnd]
動 提醒

> **Remind** me to send Gina a birthday card later.
> 等一下提醒我要寄一張生日卡給吉娜。

rent
[rɛnt]
名 租金
動 租借

> The **rent** for an apartment in this area is not cheap.
> 這個地區的公寓租金不太便宜。

re·pair
[rɪˋpɛr]
名 修理
動 修理

> To **repair** the copy machine takes time.
> 修理影印機要花些時間。

re·peat
[rɪˋpit]
名 重複
動 重複

> Please **repeat** after me.
> 請跟我重複一次。
>
> 延伸學習　片 repeat after 跟……重複一次

re·ply
[rɪˋplaɪ]
動 回答、答覆

> He didn't **reply** to my question.
> 他並沒有回答我的問題。
>
> 延伸學習　同 respond 回答

re·port
[rɪˋport]
名 報導、報告
動 報告、報導

> Don't forget to **report** back.
> 不要忘記回報。

re·port·er
[rɪ`portɚ]
名 記者

> **Reporters** have to go to work even when a typhoon comes.
> 就算在颱風天，記者還是要上班。

延伸學習　🔘 journalist 記者

re·quire
[rɪ`kwaɪr]
動 需要

> Being patient is **required** to get this job.
> 這份工作很需要耐心。

延伸學習　🔘 need 需要

re·spect
[rɪ`spɛkt]
名 尊重
動 尊重、尊敬

> I **respect** my teacher.
> 我很尊敬我的老師。

延伸學習　🔘 adore 尊敬

re·spon·si·ble
[rɪ`spɑnsəbl̩]
形 負責任的

> She is **responsible** for her job.
> 她對她的工作很負責任。

rest
[rɛst]
名 睡眠、休息
動 休息

> I need some **rest**.
> 我需要休息一下。

延伸學習　🔘 take a rest 休息
　　　　　🔘 relaxation 休息

res·tau·rant
[`rɛstərənt]
名 餐廳

> I'll see you in the **restaurant**.
> 我們餐廳見。

rest·room
[`rɛstrum]
名 洗手間、廁所

> I need to go to the **restroom** now.
> 我現在要去一下洗手間。

re·sult
[rɪ`zʌlt]
名 結果
動 導致

> The **result** is not satisfying.
> 這結果不是讓人很滿意。

延伸學習　🔘 consequence 結果

re·turn
[rɪˋtɝn]
名 返回、復發
動 歸還、送回
形 返回的

> When will you **return** my book?
> 你何時要還我書？

延伸學習 反 depart 出發

re·view
[rɪˋvju]
名 複習
動 回顧、檢查

> We will **review** the lesson in the next class.
> 下堂課我們會複習這一課。

延伸學習 同 recall 回憶

rice
[raɪs]
名 稻米、米飯

> Chinese live on **rice**.
> 中國人以米飯為主食。

rich
[rɪtʃ]
形 富裕的

> The **rich** man is generous.
> 那位富裕的男人很慷慨。

延伸學習 同 wealthy 富裕的

ride
[raɪd]
動 騎、乘
名 騎馬、騎車或乘車旅行

> She **rides** a bike to work.
> 她騎腳踏車上班。

right
[raɪt]
形 正確的、右邊的
名 正確、右方、權利

> You are always **right**.
> 你總是對的。

延伸學習 同 correct 正確的

ring
[rɪŋ]
名 戒指、鈴聲
動 按鈴、打電話

> When did you hear the bell **ring**?
> 你何時聽到電鈴響起？

rise
[raɪz]
名 上升
動 上升、增長

> The sun **rises** every day.
> 太陽每天都會升起。

延伸學習　同 ascend 升起

riv·er
[ˈrɪvɚ]
名 江、河

> It is the longest **river**.
> 這是最長的河。

延伸學習　同 stream 小河

road
[rod]
名 路、道路、街道、路線

> Walk along the **road**.
> 沿著這條路走。

延伸學習　同 path 路、道路

rob
[rɑb]
動 搶劫

> Jack didn't intend to **rob** the bank.
> 傑克並沒有試圖要搶銀行。

ro·bot
[ˈrobət]
名 機器人

> The **robot** can do anything.
> 這個機器人可以做任何事。

rock
[rɑk]
動 搖晃
名 岩石

> There are six **rocks** at the top of the mountain.
> 山頂上有六顆巨石。

延伸學習　同 stone 石頭

role
[rol]
名 角色

> My mother plays an important **role** in my life.
> 我的母親在我人生中扮演很重要的角色。

roll
[rol]
名 名冊、卷
動 滾動、捲

> I need a **roll** of tissue paper.
> 我需要一捲衛生紙。

延伸學習　同 wheel 滾動、打滾

roof
[ruf]
名 屋頂、車頂

> He is singing on the **roof**.
> 他在屋頂上唱歌。

延伸學習 反 floor 地板

room
[rum]
名 房間、室

> The **room** is too dark.
> 這房間好黑。

延伸學習 同 chamber 房間

roost·er
[ˋrustɚ]
名 雄雞、好鬥者

> The **roosters** are fighting.
> 公雞們正在打鬥。

延伸學習 同 cock 公雞

root
[rut]
名 根源、根
動 生根

> The **root** of the tree is long.
> 這棵樹的根很長。

延伸學習 同 origin 起源

rope
[rop]
名 繩、索
動 用繩拴住

> Bring some **ropes** when you go camping.
> 去露營，要帶些繩子。

延伸學習 同 cord 繩索

rose
[roz]
名 玫瑰花、薔薇花
形 玫瑰色的

> I bought a **rose** for my girlfriend.
> 我買了朵玫瑰給我女朋友。

round
[raʊnd]
名 圓形物、一回合
動 使旋轉
形 圓的、球形的
介 在……四周

> The Earth is **round**.
> 地球是圓的。

row
[ro]
名 排、行、列
動 划船

> We **rowed** the boat.
> 我們划小船。
>
> 延伸學習　同 paddle 划船

roy·al
[ˈrɔɪəl]
形 皇家的

> The **royal** guards are standing around here.
> 皇家護衛站在這附近。
>
> 延伸學習　同 noble 貴族的

rub
[rʌb]
動 磨擦

> The giraffe **rubs** its neck.
> 長頸鹿摩擦牠的脖子。

rub·ber
[ˈrʌbɚ]
名 橡膠、橡皮
形 橡膠做的

> Tie the bag with a **rubber** band.
> 用條橡皮筋綁這袋口。

rude
[rud]
形 野蠻的、粗魯的

> Don't be **rude** to your teacher.
> 不可以對你的老師那麼粗魯。

rule
[rul]
名 規則
動 統治

> A **rule** is a **rule**.
> 規則就是規則。
>
> 延伸學習　同 govern 統治、管理

rul·er
[`rulɚ]
名 統治者

> He is the **ruler** of the kingdom.
> 他是這國度的統治者。

延伸學習　同 sovereign 統治者

run
[rʌn]
名 跑
動 跑、運轉

> I **run** fast.
> 我跑得很快。

rush
[rʌʃ]
名 急忙、突進
動 突擊

> He **rushed** to the classroom to have an exam.
> 他急忙衝進去教室考試。

延伸學習　片 in a rush 匆忙

Ss ....

sad
[sæd]
形 令人難過的、悲傷

> You made me **sad**.
> 你讓我很難過。

延伸學習　同 sorrowful 悲哀的

safe
[sef]
形 安全的

> It is not **safe** in the country.
> 這個國家不太安全。

延伸學習　反 dangerous 危險的

safe·ty
[`seftɪ]
名 安全

> **Safety** is the first priority.
> 安全第一。

延伸學習　同 security 安全

sail
[sel]
動 航行
名 帆、篷、航行、船隻

> *The Titanic* **sailed** to America.
> 鐵達尼號航向美國。

sail·or
[`selɚ]
名 船員、海員

> The **sailor** is busy working.
> 船員正忙著工作。

sal·ad
[`sæləd]
名 生菜食品、沙拉

> I ate **salad** as my dinner.
> 我晚餐吃沙拉。

sale
[sel]
名 賣、出售

> This house is for **sale**.
> 這間房子正在出售中。
>
> 延伸學習　片 on sale 拍賣
> 　　　　　反 purchase 購買

salt
[sɔlt]
名 鹽
形 鹽的

> **Salt** was expensive in the past.
> 在以前，鹽是很貴的。
>
> 延伸學習　反 sugar 糖

same
[sem]
形 同樣的
副 同樣地
代 同樣的人或事

> You are doing the **same** thing.
> 你正做一樣的事情。
>
> 延伸學習　反 different 不同的

sam·ple
[`sæmpl̩]
名 樣本

> Give me a **sample**.
> 給我一個樣本。

sand
[sænd]
名 沙、沙子

> The children are playing in the
> **sand**.
> 孩子們在玩沙。

sand·wich
[`sændwɪtʃ]
名 三明治

> I ate a **sandwich** in the morning.
> 我早上吃了一個三明治。

sat·is·fy
[`sætɪsˌfaɪ]
動 使滿足

> To **satisfy** my boss is not even possible.
> 要滿足我的老闆根本就是件不可能的事。

延伸學習　同 please 使滿意

Sat·ur·day/Sat.
[`sætəde]
名 星期六

> I went to Kenting on **Saturday**.
> 我星期六去墾丁。

sau·cer
[`sɔsə]
名 托盤、茶碟

> You may put the cup on the **saucer**.
> 你可以把杯子放在茶碟上。

save
[sev]
動 救、搭救、挽救、儲蓄

> The man **saved** my life.
> 這男人救了我一命。

延伸學習　反 waste 浪費、消耗

say
[se]
動 説、講

> Did I **say** something wrong?
> 我説錯了什麼話嗎？

scale(s)
[skel(z)]
名 刻度、尺度、天秤

> There are at least two types of tempera-ture **scales**.
> 至少有兩種氣溫尺度。

scare
[skɛr]
名 害怕
動 驚嚇、使害怕
形 害怕的

> I was **scared** by you.
> 我被你嚇到了。

延伸學習　同 frighten 使害怕
其他詞性 scared

scarf
[skɑrf]
名 圍巾、頸巾

> Put the **scarf** around your neck.
> 把圍巾圍在脖子吧。

scene
[sin]
名 戲劇的一場、風景

> The **scene** is beautiful.
> 這景色好美。

延伸學習　同 view 景色

school
[skul]
名 學校

> She is late to **school** every day.
> 她每天上學遲到。

sci·ence
[ˈsaɪəns]
名 科學

> I am not good at **science**.
> 我的自然科學不太好。

sci·en·tist
[ˈsaɪəntɪst]
名 科學家

> The **scientist** invented one of the greatest cars in the world.
> 這科學家發明了一輛世界上最了不起的車。

score
[skor]
名 分數
動 得分、評分

> I want to get a good **score**.
> 我想要考高分。

screen
[skrin]
名 螢幕

> My mom looked at the **screen** of my cellphone.
> 我媽媽看了我手機的螢幕。

sea
[si]
名 海

> The goods are by the **sea**.
> 這些貨物是海運的。

延伸學習　片 by the sea 海運
　　　　　同 ocean 海洋

search
[sɜtʃ]
名 調查、檢索
動 搜索、搜尋

> I am **searching** for the answer.
> 我正在找答案。

延伸學習　同 seek 尋找

sec·ond
[`sɛkənd]
形 第二的
名 秒

> She is **second** to none.
> 她是第一的。

se·cret
[`sikrɪt]
名 祕密

> I won't tell you the **secret**.
> 我不會告訴你這祕密。

sec·re·ta·ry
[`sɛkrəˌtɛrɪ]
名 祕書

> It is said that the boss has an affair with the **secretary**.
> 聽說老闆跟祕書有婚外情。

sec·tion
[`sɛkʃən]
名 部分

> In this **section**, we will talk about new-born babies.
> 在這部分，我們將會討論新生兒。

see
[si]
動 看、理解

> What did you **see**?
> 你看到什麼了？

延伸學習　同 watch 看

seed
[sid]
名 種子
動 播種於

> The farmer bought **seeds** from me.
> 那農夫跟我買了些種子。

seek
[sik]
動 尋找

> It takes time to **seek** a better working opportunity.
> 尋找更好的工作機會需要時間。

seem
[sim]
動 似乎

> It **seems** to be good.
> 這看起來不錯。

see·saw
[`siˌsɔ]
名 蹺蹺板

> Most kids love to play **see-saw**.
> 多數的小孩喜歡玩蹺蹺板。

sel·dom
['sɛldəm]
副 不常地、難得地

> After the children grow up, this old couple **seldom** talks to each other.
> 孩子長大後，這對老夫妻便很少跟對方講話了。

se·lect
[sə'lɛkt]
動 挑選

> We will **select** the best student to represent our class.
> 我們將會選出最優秀的學生代表我們班。
>
> 延伸學習　同 pick 挑選

self·ish
['sɛlfɪʃ]
形 自私的、不顧別人的

> He is very **selfish**.
> 他很自私。

sell
[sɛl]
動 賣、出售、銷售

> I **sell** you some cakes.
> 我賣你一些蛋糕。
>
> 延伸學習　片 sold out 賣出
> 　　　　　 反 buy 買

se·mes·ter
[sə'mɛstɚ]
名 半學年、一學期

> In this **semester**, we will have three exams.
> 在這學期，我們會有三次段考。

send
[sɛnd]
動 派遣、寄出

> **Send** me a letter.
> 要寄信給我喔！
>
> 延伸學習　同 mail 寄信

sense
[sɛns]
名 感覺、意義

> It doesn't make **sense**.
> 這沒有意義。
>
> 延伸學習　片 sense of humor 幽默感

sep·a·rate
['sɛpərɪt]/['sɛpəˌret]
形 分開的
動 分開

> The twin brothers were **separated** when they were little.
> 這對雙胞胎兄弟從小就被分開了。

**Sep·tem·ber/
Sept.**
[sɛpˋtɛmbɚ]
名 九月

▷ The kids go to school in
September.
孩子們九月去上學。

se·ri·ous
[ˋsɪrɪəs]
形 嚴肅的

▷ He asked me a **serious** question.
他問了我一個嚴肅的問題。

ser·vant
[ˋsɝvənt]
名 僕人、傭人

▷ The millionaire mistreated his
servants.
這位百萬富翁虐待他的僕人。

serve
[sɝv]
動 服務、招待

▷ What did they **serve** you?
他們拿什麼招待你？

延伸學習　片 serve as 扮演著……

serv·ice
[ˋsɝvɪs]
名 服務

▷ The **service** of the restaurant is
good.
這家餐廳的服務很好。

單字技巧練習題

學單字要有技巧，完成以下單字大題吧。

A. 分類法記單字：把與主題相關的詞彙填入正確的框裡。

rabbit, pray, protection, seldom, return, send

動詞	名詞	副詞

B. 找字母記單字：看看下方的單字 在文字矩陣中圈出該字的拼字。
   （→、↘）

   Word Bank: save, pray, secret, respect, proteotion

C. 前後文線索記單字：看看空格前後文，把最符合句意的單字填進空格。

sent, pray, ride, seldom, protect, return

1. The king's lover was _____ a horse, and accidentally fell down. Fortunately, she didn't get hurt.

2. Mrs. Wu _____ stays home every weekend. It's not quite possible that you can find her home doing housework on the weekends.

3. Jimmy's father called just now. He asked him to _____ home at once, or he'll come and take him home by himself.

4. Kneeling down beside his mother's bed, Ted _____ to God to give his mother blessings and luck so that his mother can recover soon.

5. The warm house can _____ these pretty flowers from being hurt by cold weather.

6. Grandma _____ me a scarf as Christmas gift. I was so happy about it.

第**10**階段 s

單字練習題：問答聯想圖，以聯想法記單字、
反義字記單字

第 10 階段 音檔雲端連結

因各家手機系統不同，若無法直接
掃描，仍可以至以下電腦雲端連結
下載收聽。
（https://tinyurl.com/44uctb52）

Ss ....

set
[sɛt]
名 （一）套、（一）副
動 放、擱置

sev·en
[ˋsɛvən]
名 七

sev·en·teen
[͵sɛvənˋtin]
名 十七

sev·en·ty
[ˋsɛvəntɪ]
名 七十

sev·er·al
[ˋsɛvərəl]
形 幾個的
代 幾個

shake
[ʃek]
動 搖、發抖
名 搖動、震動

shall
[ʃæl]
連 將

I need a **set** of tableware.
我需要一套餐具。
延伸學習　片 set up 準備
　　　　　同 place 放置

I went to school at the age of **seven**.
我七歲上學。

Don't fall in love with someone at your **seventeen**.
不要在十七歲愛上一個人。

Her grandma passed away at the age of **seventy**.
她祖母七十歲時過世的。

I have **several** books for you.
我有幾本書要給你。

He **shook** his head and said no.
他搖頭說不。

Shall we dance?
我們要跳舞嗎？

shape
[ʃep]
名 形狀
動 使成形

> Look at the stone with the **shape** of heart.
> 看那有愛心形狀的石頭。

延伸學習 同 form 使成形

share
[ʃɛr]
名 份、佔有
動 共用

> I don't want to **share** the cake with my sister.
> 我不想跟妹妹分享這塊蛋糕。

延伸學習 片 share with 分享

shark
[ʃɑrk]
名 鯊魚

> There are **sharks** in the bay.
> 這海灣中有鯊魚。

sharp
[ʃɑrp]
形 鋒利的、刺耳的、尖銳的、嚴厲的

> Be careful with the **sharp** knife.
> 小心那把鋒利的刀。

延伸學習 同 blunt 嚴厲的

she
[ʃi]
代 她

> **She** is nice to me.
> 她對我很好。

sheep
[ʃip]
名 羊、綿羊

> There are lots of **sheep** in Australia.
> 澳洲有很多的綿羊。

sheet
[ʃit]
名 床單

> My mom is changing the **sheet** for me.
> 媽媽在幫我換床單。

shelf
[ʃɛlf]
名 棚架、架子

> Give me the book on the **shelf**.
> 請給我架子上的書。

shine
[ʃaɪn]
動 照耀、發光、發亮
名 光亮

> The sun **shines**.
> 陽光普照。

延伸學習　同 glow 發光

ship
[ʃɪp]
名 大船、海船

> The **ship** sails to the north.
> 這艘船航向北方。

延伸學習　同 boat 船

shirt
[ʃɜt]
名 襯衫

> The man in blue **shirt** is my dad.
> 那穿藍色襯衫的男人是我爸。

shock
[ʃɑk]
名 衝擊
動 震撼、震驚

> I was **shocked** by the horror movie.
> 我被這部恐佈電影嚇到了。

延伸學習　同 frighten 驚恐

shoe(s)
[ʃu(z)]
名 鞋

> The **shoes** fit me well.
> 這雙鞋很適合我。

shoot
[ʃut]
名 射擊、嫩芽
動 射傷、射擊

> The soldier was **shot**.
> 這名士兵被射傷。

shop/store
[ʃɑp]/[stor]
名 商店、店鋪

> The **store** is near my house.
> 這家商店離我家很近。

shore
[ʃor]
名 岸、濱

> The beautiful beach house is near
> the **shore**.
> 這漂亮的濱海別墅在海岸附近。

延伸學習　同 bank 岸

short
[ʃɔrt]
形 矮的、短的、不足的
副 突然地

> The boy is too **short** to play basketball.
> 這男孩太矮了，不能打籃球。

延伸學習　反 long 長的；遠的

shot
[ʃɑt]
名 子彈、射擊

> He was killed by a **shot**.
> 他被一槍斃命。

延伸學習　同 bullet 子彈

shoul·der
[ˋʃoldɚ]
名 肩、肩膀

> I pat the blind's **shoulder** and lead him to cross the road.
> 我拍拍那盲人的肩膀，並帶他過馬路。

shout
[ʃaʊt]
名 叫喊、呼喊
動 呼喊、喊叫

> The girl is **shouting** for help.
> 那女孩大聲呼救。

延伸學習　同 yell 叫喊

show
[ʃo]
名 展覽、表演
動 出示、表明

> Please **show** me your passport.
> 請出示你的護照。

延伸學習　同 display 陳列、展出

show·er
[ˋʃaʊɚ]
名 陣雨、淋浴
動 淋浴、澆水

> I took a **shower** after I came home.
> 我回家後沖了個澡。

shrimp
[ʃrɪmp]
名 蝦子

> I made some soup with **shrimps** in it.
> 我煮了一些湯，裡面有蝦子。

shut
[ʃʌt]
動 關上、閉上

> Please **shut** the door.
> 請關上門。

shy
[ʃaɪ]
形 害羞的、靦腆的

> She is very **shy**.
> 她很害羞。
>
> 延伸學習 反 bold 大膽的

sick
[sɪk]
形 有病的、患病的、想吐的、厭倦的

> You are so **sick**.
> 你有病。
>
> 延伸學習 片 be sick of ... 受夠……

side
[saɪd]
名 邊、旁邊、側面
形 旁邊的、側面的

> You will see the store on your left hand **side**.
> 你會在左邊看到那家店。
>
> 延伸學習 同 ill 生病的

side·walk
[ˋsaɪdⵥwɔk]
名 人行道

> I saw him on the **sidewalk**.
> 我在人行道上看到他。
>
> 延伸學習 同 pavement 人行道

sight
[saɪt]
名 視力、情景、景象

> You need to have an eye **sight** test.
> 你需要檢查視力了。

sign
[saɪn]
名 記號、標誌
動 簽署

> Please **sign** here.
> 請在這裡簽名。

si·lence
[ˋsaɪləns]
名 沉默
動 使……靜下來

> The **silence** made me embarrassed.
> 這一陣沉默讓我很尷尬。

si·lent
[ˋsaɪlənt]
形 沉默的

> He is a **silent** person.
> 他是一個沉默寡言的人。

sil·ly
['sɪlɪ]
形 傻的、愚蠢的

> **Silly** you.
> 你這小傻瓜。

延伸學習　同 foolish 愚蠢的

sil·ver
['sɪlvɚ]
名 銀
形 銀色的

> The spoon is made of **silver**.
> 這湯匙是銀做成的。

sim·i·lar
['sɪmələ]
形 相似的、類似的

> These bags are **similar**.
> 這些包包都很相似。

延伸學習　同 alike 相似的

sim·ple
['sɪmp!]
形 簡單的、簡易的

> The question is **simple**.
> 這問題很簡單。

延伸學習　反 complex 複雜的

sim·ply
['sɪmplɪ]
副 簡單地、樸實地、僅僅

> I will **simply** tell you the summary of the story.
> 我只會簡單地跟你說故事的大綱。

since
[sɪns]
副 從……以來
介 自從
連 從……以來、因為、既然

> I have been in love with you **since** I saw you at the first sight.
> 從看到你的第一眼，我就愛上你了。

sin·cere
[sɪn'sɪr]
形 真實的、誠摯的

> Do you think his smile is **sincere**?
> 你認為他的微笑是真誠的嗎？

延伸學習　同 genuine 真誠的

sing
[sɪŋ]
動 唱

> Let's **sing** a song.
> 我們唱歌吧。

sing·er
[ˋsɪŋɚ]
名 歌唱家、歌手、唱歌的
人

> She is a great **singer**.
> 她是個很棒的歌手。

sin·gle
[ˋsɪŋl]
名 單一
形 單一的

> I have been **single** for years after
> she dumped me.
> 在她甩了我以後我單身了很多年。

sink
[sɪŋk]
名 水槽
動 沉沒、沉

> I burst out crying when seeing *the*
> *Titanic* **sinking**.
> 當我看到鐵達尼號沉下去的時候我哭了出
> 來。

sir
[sɝ]
名 先生

> Welcome, **sir**.
> 歡迎光臨，先生。
> 延伸學習　反 madam 小姐

sis·ter
[ˋsɪstɚ]
名 姊妹、姊、妹

> My **sister** is growing fat.
> 我妹妹越來越胖了。
> 延伸學習　反 brother 兄弟

sit
[sɪt]
動 坐

> The dog **sits** down.
> 那隻狗坐下來了。
> 延伸學習　反 stand 站

six
[sɪks]
名 六

> The dog has **six** babies.
> 這隻狗有六個小孩。

six·teen
[sɪksˋtin]
名 十六

> When I'm **sixteen**, I look at the
> teacher and my mind is not in the
> classroom.
> 當我十六歲時，我看著老師，但我的心卻
> 不在教室裡。

six·ty
[`sɪkstɪ]
名 六十

> The bag costs me **sixty** dollars.
> 這包包花了我六十塊。

size
[saɪz]
名 大小、尺寸

> The **size** of the shirt is too big.
> 這件襯衫的尺寸太大了。

skate
[sket]
動 溜冰、滑冰

> **Skating** is fun.
> 溜冰滿有趣的。

ski
[ski]
名 滑雪板
動 滑雪

> **Skiing** might be dangerous.
> 滑雪有可能是危險的。

skill
[skɪl]
名 技能

> Your basketball **skill** is good
> enough.
> 你籃球技巧已經夠好了。
>
> 延伸學習　同 capability 技能

skill·ful/skilled
[`skɪlfəl]/[skɪld]
形 熟練的、靈巧的

> He is **skillful** in fixing the car.
> 他修車技巧很熟練。

skin
[skɪn]
名 皮、皮膚

> Your **skin** is too dark.
> 你的皮膚太黑了。
>
> 延伸學習　句 Beauty is but skin deep.
> 美貌很膚淺。

skin·ny
[`skɪnɪ]
形 皮包骨的

> The girl is **skinny**.
> 這女孩瘦得只剩皮包骨。

skirt
[skɜt]
名 裙子

> I love to wear this pretty **skirt**.
> 我喜歡穿這件漂亮的裙子。

sky
[skaɪ]
名 天、天空

> The **sky** is gray.
> 天空一片灰濛濛。

sleep
[slip]
動 睡
名 睡眠、睡眠期

> Go to **sleep** now.
> 現在立刻去睡覺。
>
> 延伸學習　反 wake 醒來

sleep·y
[ˋslipɪ]
形 想睡的、睏的

> I am **sleepy** in the class.
> 我上課的時候很想睡。

slen·der
[ˋslɛndɚ]
形 苗條的

> She wants to be **slender**.
> 她很想要變苗條。
>
> 延伸學習　同 slim 苗條的

slide
[slaɪd]
名 滑梯、投影片
動 滑動

> Let's see the next **slide**.
> 讓我們看下一個投影片。

slim
[slɪm]
動 變細
形 苗條的

> I am jealous of her **slim** waist.
> 我嫉妒她有苗條的腰。

slip
[slɪp]
動 滑倒

> I **slipped** in the bathroom.
> 我在浴室滑倒了。

slip·per(s)
[ˈslɪpɚ(z)]
名 拖鞋

> I put my **slippers** at the door.
> 我在門口放了我的拖鞋。

slow
[slo]
形 慢的、緩慢的
副 慢
動 （使）慢下來

> The car is too **slow**.
> 這車太慢了。
>
> 延伸學習　反 fast 快的

small
[smɔl]
形 小的、少的

> The house is too **small**.
> 這房子太小了。
>
> 延伸學習　反 large 大的

smart
[smɑrt]
形 聰明的

> The dog is very **smart**.
> 這隻狗很聰明。
>
> 延伸學習　同 intelligent 聰明的

smell
[smɛl]
動 嗅、聞到
名 氣味、香味

> What is the dog **smelling**?
> 這隻狗在聞什麼？
>
> 延伸學習　同 scent 氣味、香味

smile
[smaɪl]
名 微笑
動 微笑

> I love the way you **smile**.
> 我喜歡你微笑的樣子。
>
> 延伸學習　反 frown 皺眉

smoke
[smok]
名 煙、煙塵
動 抽菸

> Don't **smoke** here.
> 這邊不可以抽菸。
>
> 延伸學習　同 fume 煙、氣

snack
[snæk]
名 小吃、點心
動 吃點心

> I ate some **snack** in the afternoon.
> 我在午後吃了點小吃。

snail
[snel]
名 蝸牛

> There are some **snails** on the floor.
> 地板上有幾隻蝸牛。

snake
[snek]
名 蛇

> I am afraid of **snakes**.
> 我怕蛇。

snow
[sno]
名 雪
動 下雪

> There are some footprints in the **snow**.
> 雪地裡有一些腳印。

snow·y
[`snoɪ]
形 多雪的、積雪的

> The mountain is always **snowy**.
> 這座山總是積雪。

so
[so]
副 這樣、如此地
連 所以

> **So**, what do you want to do now?
> 所以,你想做什麼?

soap
[sop]
名 肥皂

> I need a **soap** to take a bath.
> 我需要肥皂洗澡。

soc·cer
[`sɑkɚ]
名 足球

> I love to play **soccer**.
> 我喜歡踢足球。

so·cial
[`soʃəl]
形 社會的

> Bullying is a **social** problem.
> 霸凌是社會的問題。

so·ci·e·ty
[sə`saɪətɪ]
名 社會

> Is our **society** sick?
> 我們的社會病了嗎？

延伸學習　同 community 社區、社會

sock(s)
[sɑk(s)]
名 短襪

> The **socks** smell terrible.
> 這些襪子很難聞。

so·da
[`sodə]
名 汽水、蘇打

> I drink **soda** when I eat pizza.
> 我吃披薩的時候配汽水。

so·fa
[`sofə]
名 沙發

> He lies in the **sofa** every weekend.
> 他每週末都賴在沙發上。

延伸學習　同 couch 沙發

soft
[sɔft]
形 軟的、柔和的

> The girl's lips are **soft**.
> 那女孩的嘴唇很軟。

延伸學習　反 hard 硬的

sol·dier
[`soldʒɚ]
名 軍人

> Our country needs **soldiers**.
> 我們國家需要軍人。

so·lu·tion
[sə`luʃən]
名 溶解、解決、解釋

> Tell me your **solution**.
> 告訴我你的解決方法。

延伸學習　同 explanation 解釋

solve
[sɑlv]
動 解決

> I don't know how to **solve** this problem.
> 我不知道如何解決這問題。

some
[sʌm]
形 一些的、若干的
代 若干、一些

> Give me **some** water.
> 給我一些水。

延伸學習　同 certain 某些、某幾個

some·bod·y
[ˈsʌmˌbɑdɪ]
代 某人、有人
名 重要人物

▷ **Somebody** must help her.
一定要有人幫她。

延伸學習　同 someone 某人

some·one
[ˈsʌmˌwʌn]
代 一個人、某一個人

▷ **Someone** told me not to leave.
有人告訴我不要走。

延伸學習　同 somebody 某一個人

some·thing
[ˈsʌmθɪŋ]
代 某物、某事

▷ I have **something** for you.
我有個東西要給你。

some·times
[ˈsʌmˌtaɪmz]
副 有時

▷ I **sometimes** think about you.
我有時會想到你。

some·where
[ˈsʌmˌhwɛr]
副 在某處

▷ I must have put my wallet
somewhere in the room.
我一定是把錢包放在這房間的某處。

son
[sʌn]
名 兒子

▷ My **son** is doing his homework.
我兒子在寫作業。

延伸學習　反 daughter 女兒

song
[sɔŋ]
名 歌曲

▷ This is my favorite **song**.
這是我最喜歡的歌。

soon
[sun]
副 很快地、不久

▷ He will dump you **soon**.
他很快就會甩了你。

延伸學習　同 shortly 不久

sore
[sor]
形 疼痛的
名 痛處

> I got **sore** hands and couldn't type fast.
>
> 我手痛，無法打太快。

延伸學習 同 painful 疼痛的

sort
[sɔrt]
名 種
動 一致、調和

> What **sort** of books attract you?
>
> 哪一種書吸引你？

soul
[sol]
名 靈魂、心靈

> You have a pure **soul**.
>
> 你有個純潔的靈魂。

延伸學習 反 body 身體

sound
[saʊnd]
名 聲音、聲響
動 發出聲音、聽起來像

> The **sound** is strange.
>
> 這聲音好奇怪。

延伸學習 同 voice 聲音

soup
[sup]
名 湯

> My mom prepares chicken **soup** for me.
>
> 我媽幫我準備了雞湯。

延伸學習 同 broth 湯

sour
[`saʊr]
名 酸的東西
動 變酸
形 酸的

> The milk goes **sour**.
>
> 牛奶酸了。

source
[sors]
名 來源、水源地

> What's the **source** of this article?
>
> 這篇文章的來源是什麼？

延伸學習 同 origin 起源

south
[saʊθ]
名 南、南方
形 南的、南方的
副 向南方、在南方

> I am going to the **south**.
> 我要去南方。

延伸學習　反 north 北方

south·ern
[`sʌðən]
形 南方的

> I am going to **southern** America this year.
> 我今年要去南美洲。

space
[spes]
名 空間、太空
動 隔開、分隔

> I need some more **space**.
> 我需要多一點空間。

spa·ghet·ti
[spə`gɛtɪ]
名 義大利麵

> This café's **spaghetti** is delicious.
> 這家咖啡店的義大利麵好吃。

speak
[spik]
動 說話、講話

> Do you **speak** English?
> 你說英文嗎？

延伸學習　同 talk 講話

speak·er
[`spikɚ]
名 演說者

> The **speaker**'s story touched me.
> 這演講者感動我的心。

spe·cial
[`spɛʃəl]
形 專門的、特別的

> Is there anything **special**?
> 這邊有什麼特別的嗎？

延伸學習　反 usual 平常的

speech
[spitʃ]
名 言談、說話

> The **speech** is touching.
> 這場演講很感人。

延伸學習　片 give a speech 做一場演講

speed
[spid]
名 速度、急速
動 加速

> The ambulance rushed to the hospital in high **speed**.
> 這輛救護車以高速衝到醫院。

延伸學習 同 haste 急速

spell
[spɛl]
動 用字母拼、拼寫

> How do you **spell** this word?
> 你怎麼拼這個字？

spell·ing
[ˋspɛlɪŋ]
名 拼讀、拼法

> The **spelling** of the word dove is "d," "o," "v,""e."
> Dove 這個字拼法是 "d"、"o"、"v"、"e"。

spend
[spɛnd]
動 花費、付錢

> I **spent** an hour doing my homework.
> 我花了一小時寫功課。

延伸學習 同 consume 花費

spi·der
[ˋspaɪdɚ]
名 蜘蛛

> My sister is afraid of **spiders**.
> 我姊姊很怕蜘蛛。

spir·it
[ˋspɪrɪt]
名 精神

> Art can purify our **spirit**.
> 藝術可以淨化人心。

延伸學習 同 soul 精神、靈魂

spoon
[spun]
名 湯匙、調羹

> I eat the soup with **spoon**.
> 我用湯匙喝湯。

sport
[sport]
名 運動

> Basketball is my favorite **sport**.
> 籃球是我最愛的運動。

延伸學習 同 exercise 運動

spot
[spɑt]
動 弄髒、認出
名 點

> I **spotted** the shirt when I ate pasta.
> 我在吃義大利麵的時候,弄髒了襯衫。

延伸學習　同 stain 弄髒

spread
[sprɛd]
名 寬度、桌布
動 展開、傳佈

> The news was **spread** rapidly.
> 這新聞很快速的傳開了。

延伸學習　同 extend 擴展

spring
[sprɪŋ]
名 泉水、春天
動 彈開、突然提出

> Japan is famous for hot **spring**.
> 日本以溫泉聞名。

square
[skwɛr]
名 正方形、廣場
形 公正的、方正的

> Did you see the **square** box?
> 你有看到那個方形箱嗎?

stage
[stedʒ]
名 舞臺、階段
動 上演

> The opera is on the **stage** now.
> 這齣歌劇正在上演。

延伸學習　片 on the stage 上演

stair
[stɛr]
名 樓梯

> Go up **stairs**.
> 上樓。

stamp
[stæmp]
名 郵票、印章
動 壓印

> I am collecting **stamps**.
> 我正在集郵。

延伸學習　片 collect stamps 集郵

stand
[stænd]
名 立場、觀點
動 站起、立起

> **Stand** up, please.
> 請站起來。

延伸學習　片 stand with 忍受
　　　　　　反 sit 坐

stan·dard
[ˈstændəd]
名 標準
形 標準的

> It's a standard **format**.
> 這是一個標準的格式。

延伸學習　同 model 標準

star
[stɑr]
名 星、恆星
動 扮演主角
形 著名的、卓越的

> There are many **stars** in the sky.
> 天空中有許多星星。

start
[stɑrt]
名 開始、起點
動 開始、著手

> We will **start** in a minute.
> 我們即將開始。

延伸學習　同 begin 開始

state
[stet]
名 狀態、狀況、情形；州
動 陳述、說明、闡明

> What does the document **state**?
> 這份文件闡述什麼？

延伸學習　同 declare 聲明、表示

sta·tion
[ˈsteʃən]
名 車站

> My dad drives me to the **station**.
> 我爸載我去車站。

stay
[ste]
名 逗留、停留
動 停留

> I will **stay** in Taipei.
> 我會待在台北。

延伸學習　同 remain 留下

steak
[stek]
名 牛排

I ordered a **steak** for dinner in my birthday.
我生日那天點了牛排當晚餐吃。

steal
[stil]
動 偷、騙取

The student **stole** his classmates' money.
這學生偷同學的錢。

steam
[stim]
名 蒸汽
動 蒸、使蒸發、以蒸汽開動

I will **steam** the dumplings tonight.
我今天晚上會蒸這些餃子。

step
[stɛp]
名 腳步、步驟
動 踏

Watch your **steps**.
小心你的步伐。

延伸學習　同 pace 步

stick
[stɪk]
名 棍、棒
動 黏

The children saved the dog with a **stick**.
這些小孩用棒子救了這隻狗。

延伸學習　同 attach 貼上

still
[stɪl]
形 無聲的、不動的
副 仍然

The water is **still**.
水是不動的。

stom·ach
[ˋstʌmək]
名 胃

I threw up due to problems with my **stomach**.
我吐了因為我的胃有點問題。

延伸學習　同 belly 胃

stone
[ston]
名 石、石頭

> The house is built with **stones**.
> 這房子是石頭建造成的。
> 延伸學習 同 rock 石頭

stop
[stɑp]
名 停止
動 停止、結束

> **Stop** shouting.
> 停止大叫。
> 延伸學習 同 halt 停止

storm
[stɔrm]
名 風暴
動 襲擊

> The **storm** is coming.
> 暴風雨就要來臨了。

storm·y
[ˋstɔrmɪ]
形 暴風雨的、多風暴的

> You'd better not go mountain climbing in this **stormy** weather.
> 在暴風雨的天氣，你最好不要去爬山。

sto·ry
[ˋstorɪ]
名 故事

> The **story** is interesting.
> 這故事很有趣。
> 延伸學習 同 tale 故事

stove
[stov]
名 火爐、爐子

> He is standing near the **stove** in case the soup might be burned.
> 他站在爐子邊，以防湯煮焦了。
> 延伸學習 同 oven 爐子

straight
[stret]
形 筆直的、正直的

> The road is not **straight**.
> 這條路沒有很直。

strange
[strendʒ]
形 陌生的、奇怪的、不熟悉的

> The man made a **strange** gesture.
> 這男人做了個奇怪的手勢。
> 延伸學習 反 familiar 熟悉的

strang·er
['strendʒɚ]
名 陌生人

> I always tell my kids not to talk to **strangers**.
> 我總是告訴我的小孩不要跟陌生人講話。

straw
[strɔ]
名 稻草

> Burn the **straw** to prepare for future fields of crops.
> 燒掉稻草,預備未來農作物的田地。

straw·ber·ry
['strɔˌbɛrɪ]
名 草莓

> Have you ever tried **strawberry** cakes?
> 你有吃過草莓蛋糕嗎?

stream
[strim]
名 小溪
動 流動

> I used to play near the **stream**.
> 我以前在小溪邊玩耍。

street
[strit]
名 街、街道

> The store is on the **street**.
> 這家店在這條街上。

stress
[strɛs]
名 壓力
動 強調、著重

> Math homework gave Peter too much **stress**.
> 數學作業給了彼德太大的壓力。
>
> 延伸學習　同 emphasis 強調

strike
[straɪk]
名 罷工
動 打擊、達成(協議)

> The workers in this country go on **strike** very often.
> 這國家的工人很常罷工。
>
> 延伸學習　片 go on strike 罷工

strong
[strɔŋ]
形 強壯的、強健的
副 健壯地

> The man is very **strong**.
> 這人好強壯。
>
> 延伸學習　反 weak 虛弱的

strug·gle
[ˈstrʌgḷ]
名 掙扎、奮鬥
動 努力、奮鬥

> Even the children in this country need to **struggle** for life.
> 這國家連孩子都要為生活奮鬥。

延伸學習　片 struggle for 為……奮鬥

stu·dent
[ˈstjudṇt]
名 學生

> I have never been a good **student**.
> 我從來都不是好學生。

延伸學習　反 teacher 老師

stud·y
[ˈstʌdɪ]
名 學習
動 學習、研究

> The teacher asked us to **study** hard.
> 老師要我們認真讀書

stu·pid
[ˈstjupɪd]
形 愚蠢的、笨的

> My friends are **stupid**.
> 我朋友很愚蠢。

延伸學習　反 wise 聰明的

style
[staɪl]
名 風格、時尚

> It's hard to copy the **style** of her writing.
> 很難模仿她的寫作風格。

sub·ject
[ˈsʌbdʒɪkt]
名 主題、科目
形 服從的、易受……的

> What's the **subject** of this article?
> 這篇文章的主題是什麼？

延伸學習　同 topic 主題

sub·way
[ˈsʌbˌwe]
名 地下鐵

> I took Tokyo's **subway**.
> 我在東京搭地下鐵。

suc·ceed
[səkˈsid]
動 成功

> Everyone wants to **succeed**.
> 大家都想要成功。

suc·cess
[sək`sɛs]
名 成功

> **Success** means efforts.
> 成功意味著努力。

suc·cess·ful
[sək`sɛsfəl]
形 成功的

> She is a **successful** sales woman.
> 她是個成功的女業務。

such
[sʌtʃ]
形 這樣的、如此的
代 這樣的人或物

> I can't stand with **such** an idiot.
> 我無法忍受這樣一個白癡。

sud·den
[`sʌdn̩]
形 突然的
名 意外、突然

> All of a **sudden**, there was a thunder.
> 突然間有打雷的聲音。
>
> 延伸學習　片 all of a sudden 突然間

sug·ar
[`ʃʊgɚ]
名 糖

> Add some **sugar** into the black tea.
> 加點糖到紅茶裡。
>
> 延伸學習　反 salt 鹽

sug·gest
[sə`dʒɛst]
動 提議、建議

> The teacher **suggested** to Diane that she pay more attention to her daughter.
> 老師建議黛安要多注意自己的女兒。
>
> 延伸學習　同 hint 建議

suit
[sut]
名 套
動 適合

> The dress **suits** you well.
> 這件洋裝很適合你。
>
> 延伸學習　同 fit 適合

sum·mer
[`sʌmɚ]
名 夏天、夏季

> Ice creams are popular in **summer**.
> 冰淇淋在夏天很受歡迎。

sun
[sʌn]
名 太陽、日
動 曬

> The **sun** will rise tomorrow.
> 明天太陽還是一樣升起。

Sun·day/Sun.
[ˈsʌnde]
名 星期日

> He comes every **Sunday**.
> 他每週日都會來。

sun·ny
[ˈsʌnɪ]
形 充滿陽光的

> In such a **sunny** day, I want to go to Yangmingshan.
> 在這樣充滿陽光的一天，我想要到陽明山。

延伸學習　同 bright 晴朗的

su·per
[ˈsupɚ]
形 很棒的、超級的

> That's a **super** place for diving!
> 那是個超棒的潛水聖地！

su·per·mar·ket
[ˈsupɚˌmarkɪt]
名 超級市場

> Tissue paper in the **supermarket** is on sale now.
> 超級市場的衛生紙特賣中。

sup·per
[ˈsʌpɚ]
名 晚餐、晚飯

> I am preparing for the **supper**.
> 我正在準備晚餐。

延伸學習　反 breakfast 早餐

sup·ply
[səˈplaɪ]
動 供給
名 供應品

> The **supply** of coffee beans is greater than the demand in this area.
> 這個地區咖啡豆的供給比需求多。

延伸學習　同 furnish 供給

sup·port
[səˈport]
動 支持
名 支持者、支撐物

> My family **supports** me.
> 我的家人支持我。

延伸學習　同 uphold 支持

sure
[ʃʊr]
形 一定的、確信的
副 確定

> Are you **sure**?
> 你確定嗎?

延伸學習　片 make sure 確定
　　　　　　反 doubtful 懷疑的

sur·face
[ˋsɝfɪs]
名 表面
動 使形成表面

> The **surface** of the moon is covered with rocks.
> 月球表面覆蓋著岩石。

延伸學習　同 exterior 表面

sur·prise
[sɚˋpraɪz]
名 驚喜、詫異
動 使驚喜、使詫異

> My friend gave me a **surprise**.
> 我朋友給了我一個驚喜。

延伸學習　同 amaze 使大為驚奇
　　　　　其他詞性 surprised 形 驚詫的

sur·vive
[sɚˋvaɪv]
動 倖存、殘存

> They just want to **survive** in the war.
> 他們只是想要在戰爭中倖存。

swal·low
[ˋswɑlo]
名 燕子
動 吞嚥

> The **swallow** in "The Happy Prince" is kind and helpful.
> 《快樂王子》裡的燕子很善良,又熱心助人。

swan
[swɑn]
名 天鵝

> There are some **swans** on the lake.
> 湖上有幾隻天鵝。

sweat·er
[ˋswɛtɚ]
名 毛衣、厚運動衫

> I wore a **sweater** under the jacket.
> 在夾克外套下,我穿了一件毛衣。

sweep
[swip]
名 掃除、掠過
動 掃、打掃

> You need to **sweep** the floor.
> 你要掃地。

sweet
[swit]
名 糖果
形 甜的、甜味的、窩心

> It's so **sweet** of you.
> 你真窩心。

swim
[swɪm]
名 游泳
動 游、游泳

> I can't **swim**.
> 我不會游泳。

swing
[swɪŋ]
動 搖動

> The branches on the tree are **swinging**.
> 樹枝在搖動。

sym·bol
[ˈsɪmbḷ]
名 象徵、標誌

> Do you know what the love **symbol** in this poem is?
> 你知道在這首詩裡，愛的象徵是什麼嗎？

延伸學習 同 sign 標誌

sys·tem
[ˈsɪstəm]
名 系統

> The MRT **system** of this city is quite efficient.
> 這座城市的大眾捷運系統滿有效率的。

單字技巧練習題

學單字要有技巧，完成以下單字大題吧。

A. 問答聯想圖，以聯想法記單字：看看下方的提示字、問題，還有空格前後的提示字母，把答案填進空格中。

snake、stone、sword

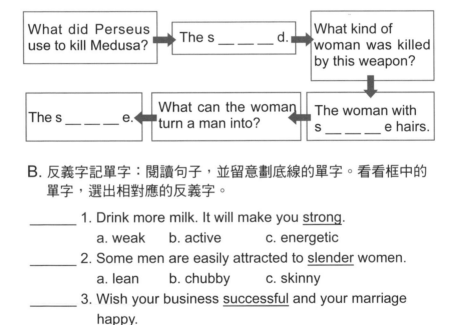

B. 反義字記單字：閱讀句子，並留意劃底線的單字。看看框中的單字，選出相對應的反義字。

_____ 1. Drink more milk. It will make you <u>strong</u>.

      a. weak   b. active   c. energetic

_____ 2. Some men are easily attracted to <u>slender</u> women.

      a. lean   b. chubby   c. skinny

_____ 3. Wish your business <u>successful</u> and your marriage happy.

      a. lucky   b. wealthy   c. unsuccessful

_____ 4. He has no longer worked for Somy. Why do you look so <u>surprised</u>?

      a. shocked b. frightened   c. calm

_____ 5. <u>Strange</u> news happens every day. If there`s no news, that would be truly strange.

      a. funny   b. common   c. odd

第11階段

單字練習題：問答聯想圖，以聯想法記單字、
前後文線索記單字

第 11 階段 音檔雲端連結

因各家手機系統不同，若無法直接
掃描，仍可以至以下電腦雲端連結
下載收聽。
（https://tinyurl.com/43wyavtu）

💭 *Tt* ········

ta·ble
[ˈtebl̩]
名 桌子

> Don't sit on the **table**.
> 不要坐在桌子上。

延伸學習 同 desk 桌子

tail
[tel]
名 尾巴、尾部
動 尾隨、追蹤

> The dog is chasing its **tail**.
> 這隻狗在追著牠的尾巴。

延伸學習 反 head 率領

take
[tek]
動 抓住、拾起、量出、吸
引

> **Take** a chance.
> 抓住機會。

延伸學習 片 take care 好好照顧自己

tal·ent
[ˈtælənt]
名 天分、天賦

> She doesn't have enough **talent** in science.
> 她在科學上面沒有太多天賦。

talk
[tɔk]
名 談話、聊天
動 說話、對人講話

> I am **talking** to my sister.
> 我正在跟我妹講話。

延伸學習 同 converse 談話

talk·a·tive
[ˈtɔkətɪv]
形 健談的

> The salesman is quite **talkative**.
> 這個業務很健談。

延伸學習 反 mute 沉默的

tall
[tɔl]
形 高的

> He is not **tall** enough.
> 他不夠高。

延伸學習 反 short 矮的

tan·ge·rine
['tændʒəˌrɪn]
名 柑、桔

> We usually eat lots of **tangerines** in autumn.
> 我們通常在秋天吃很多柑橘。

tank
[tæŋk]
名 水槽、坦克

> The troop is equipped with many **tanks**.
> 這部隊備有很多坦克。

tape
[tep]
名 帶、捲尺、磁帶
動 用捲尺測量

> Molly needs some paper, **tape**, and scissors to make paper roses.
> 莫莉需要一些紙、膠帶和剪刀做紙玫瑰。
>
> 延伸學習 同 record 磁帶、唱片

tar·get
['tɑrgɪt]
名 目標、靶子

> What's your **target**?
> 你的目標是什麼？
>
> 延伸學習 同 goal 目標

task
[tæsk]
名 任務

> The **task** is too difficult.
> 這任務太難了。
>
> 延伸學習 同 work 任務

taste
[test]
名 味覺
動 品嚐、辨味

> How does it **taste**?
> 這吃起來如何？

tax·i·cab/tax·i/ cab
['tæksɪˌkæb]/['tæksɪ]/[kæb]
名 計程車

> I will go to the party by **taxi**.
> 我會搭計程車去派對。

tea
[ti]
名 茶水、茶

> Do you need some **tea**?
> 你要喝茶嗎？

teach
[titʃ]
動 教、教書、教導

▷ I **teach** English in senior high school.
我在高中教英文。

teach·er
[ˈtitʃɚ]
名 教師、老師

▷ The **teacher** is so young.
這老師好年輕啊。

team
[tim]
名 隊

▷ I am glad to work in this **team**.
我很榮幸可以在這個團隊裡工作。

延伸學習　同 group 組、隊

tear
[tɪr]/[tɛr]
名 眼淚
動 撕、撕破

▷ She burst into **tears** when getting the bad news.
聽到噩耗時，她忍不住流下淚水。

teen·ag·er
[ˈtinˌedʒɚ]
名 青少年

▷ **Teenagers** are facing lots of difficulties.
青少年正面臨許多的困難。

tel·e·phone/ phone
[ˈtɛləˌfon]/[fon]
名 電話
動 打電話

▷ The **telephone** is ringing.
電話正在響。

tel·e·vi·sion/TV
[ˈtɛləˌvɪʒən]
名 電視

▷ She watches **TV** every day.
她每天看電視。

tell
[tɛl]
動 告訴、說明、分辨

▷ He **told** me the truth.
他告訴我實話。

延伸學習　同 inform 告知

tem·per·a·ture
[ˈtɛmprətʃɚ]
名 溫度、氣溫

> The **temperature** here is not too cold.
> 這裡的氣溫不算太冷。

tem·ple
[ˈtɛmpl̩]
名 寺院、神殿

▶ Many Japanese would like to visit Longshan **temple**.
很多日本人想參訪龍山寺。

ten
[tɛn]
名 十

> I read **ten** books in a month.
> 我一個月讀十本書。

ten·nis
[ˈtɛnɪs]
名 網球

▶ Would you like to play **tennis** with me?
你想要跟我一起打網球？

tent
[tɛnt]
名 帳篷

> You need to prepare a **tent** to go camping.
> 要去露營時你需要準備一頂帳篷。

term
[tɝm]
名 條件、期限、術語
動 稱呼

▶ It is a special **term** for medicine.
這是藥學的一個專有名詞。

ter·ri·ble
[ˈtɛrəbl̩]
形 可怕的、駭人的

> It is a **terrible** idea.
> 這是一個可怕的想法。
>
> 延伸學習　同 horrible 可怕的

ter·rif·ic
[təˈrɪfɪk]
形 驚人的

▶ She got a **terrific** job.
她得到一個驚人的工作。

test
[tɛst]
名 考試
動 試驗、檢驗

> We have a **test** tomorrow.
> 我們明天有一個考試。

text·book
['tɛkst.bʊk]
名 教科書

▶ Don't forget to bring your **textbook** tomorrow.
明天不要忘記帶你的課本來。

that
[ðæt]
形 那、那個
副 那麼、那樣

▶ **That** is a good question.
這是個好問題。

the
[ðə]
冠 用於知道的人或物之前、指特定的人或物

▶ **The** girl is cute.
這女孩很可愛。

the·a·ter
['θiətɚ]
名 戲院、劇場
反 stadium 劇場

▶ I go to the **theater** to see the opera.
我們去戲院看歌劇。

延伸學習　同 movie theater 電影院

their(s)
[ðɛr(z)]
代 他們的（東西）、她們的（東西）、它們的（東西）

▶ **Their** school is far.
他們學校很遠。

them
[ðɛm]
代 他們

▶ Give these tickets to **them**.
把這些票券拿給他們。

then
[ðɛn]
副 當時、那時、然後

▶ What did you do **then**?
你那時做了什麼？

there
[ðɛr]
副 在那兒、往那兒

▶ What's over **there**?
那兒有什麼？

延伸學習　反 here 在這兒

there·fore
[`ðɛr،for]
副 因此、所以

> I was tired. **Therefore**, I went to bed early last night.
> 我很累,因此我昨天很早就睡了。

延伸學習　同 hence 因此

these
[ðiz]
代 這些、這些的（this 的複數）

> **These** are the best glasses.
> 這些是最好的玻璃杯。

延伸學習　反 those 那些

they
[ðe]
代 他們

> **They** don't have money.
> 他們沒有錢。

thick
[θɪk]
形 厚的、密的

> The book is very **thick**.
> 這本書很厚。

thief
[θif]
名 小偷、盜賊

> The **thief** is still here.
> 小偷還在這裡。

延伸學習　名詞複數 thieves

thin
[θɪn]
形 瘦的、薄的、稀疏的

> The girl is so **thin**.
> 這女孩好瘦。

延伸學習　同 slender 薄的

thing
[θɪŋ]
名 東西、物體

> That is the best **thing** in the world.
> 這是世界上最好的東西。

延伸學習　同 object 物體

think
[θɪŋk]
動 想、思考

> What do you **think**?
> 你覺得如何?

延伸學習　片 think of 思及
　　　　　同 consider 考慮

third
[θɝd]
名 第三
形 第三的

> I got the **third** prize.
> 我得到第三名。

thirs·ty
[ˋθɝstɪ]
形 口渴的

> I'm **thirsty**.
> 我口渴。

thir·teen
[ˋθɝtin]
名 十三

> Is **thirteen** an unlucky number?
> 十三是個不吉利的數字嗎？

thir·ty
[ˋθɝtɪ]
名 三十

> There are **thirty** students in the class.
> 這班上有三十個學生。

this
[ðɪs]
形 這、這個
代 這個

> **This** is what I want.
> 這是我想要的。
>
> 延伸學習　反 that 那個

those
[ðoz]
代 那些、那些的（that 的複數

> **Those** are the best books.
> 那些是最好的書。

though
[ðo]
副 但是、然而
連 雖然、儘管

> **Though** he is poor, he works hard.
> 他雖然很窮，但他很認真工作。
>
> 延伸學習　同 nevertheless 雖然

thought
[θɔt]
名 思考、思維

> Don't put too much **thoughts** on how to play cellphone games.
> 不要花太多的心思在如何打手機遊戲上。

thou·sand
[ˈθaʊznd]
名 一千、多數、成千

> It cost me a **thousand** dollars.
> 這花了我一千塊。

three
[θri]
名 三

> I have **three** sons.
> 我有三個兒子。

throat
[θrot]
名 喉嚨

> I have a sore **throat**.
> 我喉嚨痛。

延伸學習　🔸 sore throat 喉嚨痛

through
[θru]
介 經過、通過
副 全部、到最後

> I walk **through** the park every day.
> 我每天都會經過這個公園。

through·out
[θruˈaʊt]
介 遍佈、遍及
副 徹頭徹尾

> **Throughout** the whole paper, I don't know what you tried to argue about.
> 讀遍整篇的論文，我不知道你的論點為何。

throw
[θro]
動 投、擲、扔

> **Throw** the ball to me.
> 把球丟給我。

thumb
[θʌm]
名 拇指
動 用拇指翻

> I pressed the button with my **thumb**.
> 我用拇指按按鈕。

thun·der
[ˈθʌndɚ]
名 雷、打雷
動 打雷

> I used to be afraid of **thunder**.
> 我以前很怕打雷。

Thurs·day/
Thurs./Thur.
[ˈθɝzde]
名 星期四

I have PE class on **Thursday**.
我星期四有體育課。

thus
[ðʌs]
副 因此、所以

Thus, I disagreed with him.
因此，我不同意他。

延伸學習　同 therefore 因此

tick·et
[ˈtɪkɪt]
名 車票、入場券

Buy the **ticket** here.
在這裡買票。

ti·dy
[ˈtaɪdɪ]
形 整潔的
動 整頓

After cleaning, the whole room is **tidy**.
清掃過後，這整間房間是整潔的。

tie
[taɪ]
名 領帶、領結
動 打結

I bought a **tie** for my dad.
我買條領帶給我爸爸。

ti·ger
[ˈtaɪgɚ]
名 老虎

I am afraid of **tigers**.
我怕老虎。

time
[taɪm]
名 時間

What **time** is it now?
現在幾點了？

延伸學習　片 Do you have the time?
你知道現在幾點嗎？

ti·ny
[ˈtaɪnɪ]
形 極小的

The bug is very **tiny**.
這隻蟲很小。

延伸學習　反 giant 巨大的

tip
[tɪp]
名 小費、暗示
動 付小費

> How much **tip** would you like to give the waitress?
> 你打算付多少小費給服務生？

tire
[taɪr]
動 使疲倦
名 輪胎

> We need to change the **tire**.
> 我們需要換輪胎了。
> 延伸學習 其他詞性 tired 形 疲倦的

ti·tle
[ˋtaɪt!]
名 稱號、標題
動 加標題

> The **title** of the article attracts my attention.
> 這篇文章的標題吸引我的注意力。
> 延伸學習 同 headline 標題

to
[tu]
介 到、向、往

> Go back **to** the school.
> 走回學校。

toast
[tost]
名 吐司麵包
動 烤、烤麵包

> I eat only **toast** as breakfast.
> 我早餐只吃吐司。

to·day
[təˋde]
名 今天
副 在今天、本日

> I need to finish my work **today**.
> 我今天要完成我的工作。
> 延伸學習 反 tomorrow 明天

toe
[to]
名 腳趾

> Can you touch your **toe**?
> 你可以碰到你的腳趾嗎？

tofu/bean curd
[ˋtofu]/[bin kɝd]
名 豆腐

> **Tofu** is popular in many Asian countries.
> 豆腐在很多亞洲國家都很受歡迎。

to·geth·er
[təˋgɛðɚ]
副 在一起、緊密地

> We sang a song **together**.
> 我們一起唱歌。

延伸學習　反 alone 單獨地

toi·let
[ˋtɔɪlɪt]
名 洗手間

> Where is the **toilet**?
> 洗手間在哪裡？

to·ma·to
[təˋmeto]
名 番茄

> I need some **tomatoes** to make a sandwich.
> 我需要一些番茄做三明治。

to·mor·row
[təˋmɔro]
名 明天
副 在明天

> Where are you going **tomorrow**?
> 你明天要去哪裡？

tongue
[tʌŋ]
名 舌、舌頭

> To pronounce the sound, you need to curl your **tongue**.
> 發這個音需要捲舌頭。

to·night
[təˋnaɪt]
名 今天晚上
副 今晚

> Do you have time **tonight**?
> 你今晚有空嗎？

too
[tu]
副 也

> I want to go to the zoo, **too**.
> 我也想去動物園。

tool
[tul]
名 工具、用具

> You need some **tools** to fix the car.
> 你需要一些工具修車。

延伸學習　同 device 設備、儀器

tooth
[tuθ]
名 牙齒、齒

> The old man has no **tooth**.
> 這老人沒有牙齒了。

延伸學習 **名詞複數** teeth

top
[tɑp]
形 頂端的
名 頂端
動 勝過、高於

> We are at the **top** of the mountain.
> 我們在山頂上。

延伸學習 反 bottom 底部

top·ic
['tɑpɪk]
名 主題、談論

> The **topIc** of today's class is Korean drama.
> 今天課程的主題是韓劇。

延伸學習 同 theme 主題

to·tal
['totl]
形 全部的
名 總數、全部
動 總計

> What's the **total** amount?
> 總數是多少？

延伸學習 同 entire 全部的

touch
[tʌtʃ]
名 接觸、碰、觸摸

> Don't **touch** me.
> 不要碰我。

延伸學習 同 contact 接觸

to·ward(s)
[tə'wɔrd(z)]
介 對……、向……、
對於……

> She walked **toward** me.
> 她走向我。

tow·el
[taʊl]
名 毛巾

> I bring a **towel** to gym.
> 我帶一條毛巾去健身房。

tow·er
[`tauɚ]
名 塔
動 高聳

> Everyone visits Eiffel **Tower** when they go to Paris.
> 大家到巴黎時都會造訪艾菲爾鐵塔。

town
[taʊn]
名 城鎮、鎮

> Let's go to the **town**.
> 去鎮上吧。

toy
[tɔɪ]
名 玩具

> This **toy** is too expensive.
> 這玩具太貴了。

trace
[tres]
名 蹤跡
動 追溯

> The pair of earrings can be **traced** back to Qing dynasty.
> 這副耳環可以追溯到清朝。

track
[træk]
名 路線
動 追蹤

> The **track** of our journey is perfect.
> 我們旅途的路線很完美。

trade
[tred]
名 商業、貿易
動 交易

> Business **trade** is always difficult for me.
> 對我來説商業貿易一直都是很難的。

tra·di·tion
[trə`dɪʃən]
名 傳統

> In Taiwanese **tradition**, four is an unlucky number.
> 在台灣的傳統，四是不吉祥的數字。

延伸學習　同 custom 習俗

tra·di·tion·al
[trə`dɪʃənl̩]
形 傳統的

> Many girls nowadays want to have a **traditional** wedding.
> 現代很多女生都想要有一場傳統的婚禮。

traf·fic
[ˈtræfɪk]
名 交通

> I am late because of the **traffic** jam.
> 因為交通壅塞，我遲到了。

延伸學習　🔁 traffic jam 交通壅塞

train
[tren]
名 火車
動 教育、訓練

> The **train** is coming.
> 火車進站中。

延伸學習　🔁 educate 教育

trap
[træp]
名 圈套、陷阱
動 誘捕

> A bear is in the **trap**.
> 有一隻熊掉入陷阱之中。

延伸學習　🔁 snare 誘捕

trash
[træʃ]
名 垃圾

> Can you take out the **trash**, please?
> 可以請你把垃圾拿出去丟嗎？

trav·el
[ˈtrævl̩]
名 旅行
動 旅行

> I want to **travel** to Paris.
> 我想要到巴黎去旅行。

trea·sure
[ˈtrɛʒɚ]
名 寶物、財寶
動 收藏、珍藏

> The gold coins are in the **treasure** box.
> 金幣在寶藏箱裡。

treat
[trit]
動 處理、對待

> Don't **treat** me like a child.
> 不要把我當成是小孩子。

treat·ment
[ˈtritmənt]
名 款待

> Thank you for the **treatment**.
> 謝謝你的款待。

tree
[tri]
名 樹

> The **tree** is tall.
> 這棵樹很高。

tri·al
[ˈtraɪəl]
名 審問、試驗

> The **trial** made the student cry.
> 這審問讓這學生哭了出來。
> 延伸學習　同 experiment 實驗

tri·an·gle
[ˈtraɪˌæŋgl̩]
名 三角形

> The gift box is a **triangle**.
> 這禮物盒是三角形的。

trick
[trɪk]
名 詭計
動 欺騙、欺詐

> Don't **trick** on me.
> 不要騙我。
> 延伸學習　片 Trick or treat. 不給糖就搗蛋。

trip
[trɪp]
名 旅行
動 絆倒

> Let's take a **trip** to the South.
> 去南部旅行吧。
> 延伸學習　片 Take a trip. 來場旅行。
> 　　　　　同 journey 旅行

trou·ble
[ˈtrʌbl̩]
名 憂慮
動 使煩惱、折磨

> You are in **trouble**.
> 你有麻煩了。
> 延伸學習　片 be 動詞 + asking for trouble
> 　　　　　　自找麻煩
> 　　　　　同 disturb 使心神不寧

trou·sers
[ˈtraʊzɚz]
名 褲、褲子

> The **trousers** are too long for me.
> 這褲子對我來說太長了。
> 延伸學習　同 pants 褲子

truck
[trʌk]
名 卡車

> She can drive a **truck**!
> 她會開卡車！
> 延伸學習　同 van 貨車

true
[tru]
形 真的、對的

> Can it be **true**?
> 這有可能是真的嗎？

延伸學習　⤷ too good to be true
　　　　　　太好了，不可能是真的
　　　　　　⊘ false 假的、錯的

trum·pet
[ˋtrʌmpɪt]
名 喇叭、小號
動 吹喇叭

> I am having a **trumpet** lesson.
> 我等一下要上小喇叭的課。

trust
[trʌst]
名 信任
動 信任

> Do you **trust** me?
> 你信任我嗎？

延伸學習　⤷ believe 相信

truth
[truθ]
名 真相、真理

> It is an unaooeptable **truth**.
> 這是一個無法接受的事實。

延伸學習　⤷ reallty 事實

try
[traɪ]
名 試驗、嘗試
動 嘗試

> Would you like to have a **try**?
> 你要試試看嘛？

延伸學習　⤷ try on 試穿
　　　　　　⤷ attempt 企圖、嘗試

T-shirt
[ˋtiʃɜt]
名 T 恤

> She wears a white **T-shirt** all the
> time.
> 她總是穿白 T 恤。

tub
[tʌb]
名 桶、盤

> Relax yourself by taking a bath in
> this wood **tub**.
> 在木桶裡泡澡來放鬆你自己吧。

Tues·day/Tues./
Tue.
[ˋtjuzde]
名 星期二

> Today is **Tuesday**.
> 今天是星期二。

tum·my
[ˈtʌmɪ]
名 （口語）肚子

▷ He hit my **tummy**.
他打我的肚子。

tun·nel
[ˈtʌnl̩]
名 隧道、地道

▷ There is a **tunnel** between France and England.
在英法之間有一條海底隧道。

tur·key
[ˈtɝkɪ]
名 火雞

▷ We eat **turkey** in Thanksgiving.
我們在感恩節吃火雞。

turn
[tɝn]
名 旋轉、轉動
動 旋轉、轉動

▷ **Turn** around.
轉一圈。

延伸學習　反 Turn on 打開（燈）
　　　　　反 Turn off 關掉（燈）
　　　　　同 rotate 旋轉

tur·tle
[ˈtɝtl̩]
名 龜、海龜

▷ I saw many sea **turtles** when I went diving.
當我潛水的時候看到很多海龜。

twelve
[twɛlv]
名 十二

▷ A dozen means **twelve**.
一打有十二個。

twen·ty
[ˈtwɛntɪ]
名 二十

▷ She got married at **twenty**.
她二十歲結婚。

twice
[twaɪs]
副 兩次、兩倍

▷ Her boyfriend is **twice** older than she is.
她男朋友的年紀是她的兩倍大。

單字技巧練習題

學單字要有技巧，完成以下單字大題吧。

A. 問答聯想圖，以聯想法記單字：看看下方的提示字、問題，還有空格前後的提示字母，把答案填進空格中。

tears、trash、turtle

| What kind of animal is Gaudi? | → | The sea
t __ __ __ __ e. | → | What did the animal do when he was in the aquarium? |

↓

| T__ __ __ h thrown by human beings. | ← | What did the animal find in the ocean? | ← | He shed
t __ __ __ s. |

B. 前後文線索記單字：看看空格前後文，把最符合句意的單字填進空格。

testing, trip, throw, together, topic, think

1. Ella is on a business _____. She`ll come back next Monday.

2. The _____ of this article is about how to save money. Do any of you have any ideas?

3. Romeo and Juliet didn't get _____ in the end of the play. The audience feels sorry for this couple.

4. The train system is in the _____ process. When it's ready, we'll certainly announce the news.

5. Tom, _____ the Frisbee to your younger brother. He's waiting to catch it.

6. Bella doesn't ____ it's right to eat the turtle. Put it back to the ocean.

第12階段
UV WYZ

單字練習題：分類法記單字、找字母記單字、問答聯想圖，以聯想法記單字、前後文線索記單字

第 12 階段 音檔雲端連結

因各家手機系統不同，若無法直接掃描，仍可以至以下電腦雲端連結下載收聽。
（https://tinyurl.com/p7y94rjf）

Tt ....

two
[tu]
名 二

▶ I don't have any girlfriend but you have **two**!
我沒有女朋友但是你竟然有兩個！

type
[taɪp]
名 類型
動 打字

▶ He can **type** very fast.
他打字很快。

ty·phoon
[taɪˋfun]
名 颱風

▶ A **typhoon**'s coming.
有個颱風要來了。

Uu ....

ug·ly
[ˋʌglɪ]
形 醜的、難看的

▶ **Ugly** though she is, she is very kind.
雖然她很醜，但她很善良。

um·brel·la
[ʌmˋbrɛlə]
名 雨傘

▶ Don't forget to bring an **umbrella** with you.
別忘了隨身攜帶一把傘。

un·cle
[ˋʌŋkl̩]
名 叔叔、伯伯、舅舅、姑父、姨父

▶ **Uncle** Tom is coming.
湯姆叔叔要來了。

un·der
[ˋʌndɚ]

介 小於、少於、低於
副 在下、在下面、往下面

> The ball is **under** the table.
> 球在桌子下。

延伸學習　反 over 在……上方

un·der·stand
[ˏʌndɚˋstænd]

動 瞭解、明白

> Why can't you **understand**?
> 為什麼你總是不明白。

延伸學習　同 comprehend 理解

un·der·wear
[ˋʌndɚˏwɛr]

名 內衣

> You need to change **underwear** every day.
> 你必須要每天換內衣。

u·ni·form
[ˋjunəˏfɔrm]

名 制服、校服、使一致

> The **uniform** in this school is beautiful.
> 這學校的制服很漂亮。

延伸學習　同 outfit 全套服裝

u·nit
[ˋjunɪt]

名 單位、單元

> We learn how to say goodbye in the first **unit**.
> 我們在第一課學會怎麼說再見。

u·ni·verse
[ˋjunəˏvɝs]

名 宇宙、天地萬物

> Do you believe that the **universe** is created by God?
> 你相信宇宙是神造的嗎？

un·til/till
[ənˋtɪl]/[tɪl]

連 直到……為止
介 直到……為止

> Not **until** we lose do we understand how to cherish.
> 直到我們失去才懂得珍惜。

up
[ʌp]

副 向上地
介 在高處、向（在）上面

> We wake **up** at six.
> 我們六點起床。

延伸學習　片 up to you 由你決定
　　　　　反 down 向下地

up·on
[ə'pɑn]
介 在……上面

> The picture is put **upon** the table.
> 這照片放在桌子上。

up·per
['ʌpɚ]
副 在上位

> She wants to be in the **upper** class.
> 她想要躋身上流社會。
>
> 延伸學習　同 superior 上級的

up·stairs
['ʌp,stɛrz]
名 樓上
形 樓上的
副 往（在）樓上

> Go **upstairs**.
> 上樓。

us
[ʌs]
代 我們

> Tell **us** your problem.
> 告訴我們你的問題。

use
[juz]
名 使用
動 使用、消耗

> Do you know how to **use** the smartphone?
> 你知道怎麼使用這隻智慧型手機嗎？
>
> 延伸學習　片 There is no use crying over spilt milk. 覆水難收。

used
[juzd]
形 用過的、二手的

> The **used** book is much cheaper.
> 二手書便宜很多。

used to
[just tu]
副 習慣的

> I am **used to** getting up early.
> 我習慣早起。

use·ful
['jusfəl]
形 有用的、有益的、有幫助的

> These tips are **useful**.
> 這些技巧很有用。

us·er
[`juzɚ]
名 使用者

> The **users** complained about the bugs in the game.
> 使用者抱怨遊戲裡的錯誤。

延伸學習　同 consumer 消費者

u·su·al
[`juʒʊəl]
形 通常的、平常的

> A **usual** child doesn't say things like this.
> 平常的小孩不會說這樣的話。

延伸學習　同 ordinary 平常的

 **Vv** ....

va·ca·tion
[ve`keʃən]
名 假期
動 度假

> What would you like to do in **summer vacation**?
> 你暑假想要做什麼？

延伸學習　片 summer vacation 暑假
　　　　　　同 holiday 假期

val·ley
[`vælɪ]
名 溪谷、山谷

> Many of us prefer to take a walk to the **valley**.
> 我們之中很多人都偏好散步到溪谷處。

val·ue
[`vælju]
名 價值
動 重視、評價

> The **value** of the house will go up again.
> 這屋子的價值會再度上漲。

veg·e·ta·ble
[`vɛdʒətəbl̩]
名 蔬菜

> You should eat **vegetables** every day.
> 你每天都該吃蔬菜。

延伸學習　反 meat 肉類

ver·y
[ˈvɛrɪ]
副 很、非常

> I am **very** angry.
> 我很生氣。

vest
[vɛst]
名 背心、馬甲
動 授給

> The **vest** fits you well.
> 這件背心很適合你。

vic·to·ry
[ˈvɪktərɪ]
名 勝利

> The **victory** of the war brings the general honor.
> 戰爭的勝利帶給這將軍無限的光榮。

延伸學習　同 success 勝利、成功

vid·e·o
[ˈvɪdɪˌo]
名 電視、錄影

> I watched **video** tapes when I was little.
> 我小時候會看錄影帶。

view
[vju]
名 看見、景觀
動 觀看、視察

> The **view** is great.
> 景色非常棒。

延伸學習　片 point of view 觀點
　　　　　同 sight 看見、景象

vil·lage
[ˈvɪlɪdʒ]
名 村莊

> There are not so many people in the **village**.
> 這村莊裡面沒有太多的人。

vi·o·lin
[ˌvaɪəˈlɪn]
名 小提琴

> I learned to play the **violin** at five.
> 我在五歲就學小提琴了。

延伸學習　同 fiddle 小提琴

vis·it
[ˈvɪzɪt]
名 訪問
動 訪問

> I will pay you a **visit**.
> 我會去拜訪你。

延伸學習　片 pay a visit 拜訪

vis·i·tor
[ˋvɪzɪtɚ]
名 訪客、觀光客

> We provide slippers for the **visitors**.
> 我們提供了拖鞋給訪客。

vo·cab·u·lar·y
[vəˋkæbjəˌlɛrɪ]
名 單字、字彙

> We have to learn the **vocabulary** of this lesson first.
> 我們要先學這課的單字。

voice
[vɔɪs]
名 聲音、發言

> You **voice** is tender.
> 你的聲音好溫和。

vol·ley·ball
[ˋvɑlɪˌbɔl]
名 排球

> I love to play **volleyball**.
> 我喜歡打排球。

vol·ume
[ˋvɑljəm]
名 卷、冊、音量、容積

> The complete set of the novels includes seven **volumes**.
> 這整套小說包含七冊。

vote
[vot]
名 選票
動 投票

> I didn't **vote** for the candidate.
> 我沒有把票投給這個候選人。
>
> 延伸學習　同 ballot 選票

vot·er
[ˋvotɚ]
名 投票者

> The media predict that the **voters** will change their mind.
> 媒體預測投票者將會改變他們的心態。

☁ **Ww** ....

waist
[west]
名 腰部

▶ She showed me the tattoo on her **waist**.
她給我看她腰上的刺青。

wait
[wet]
動 等待
名 等待、等待的時間

▷ **Wait** a minute.
等一下。

wait·er/wait·ress
[`wetɚ]/[`wetrɪs]
名 服務生／女服務生

▶ The **waiter** is polite.
這服務生很有禮貌。

wake
[wek]
動 喚醒、醒

▷ My mother **wakes** me up every morning.
我媽媽每天早上都會叫我起床。

延伸學習　句 wake up 叫醒

walk
[wɔk]
名 步行、走、散步
動 走、步行

▶ I will **walk** there.
我會走去那邊。

wall
[wɔl]
名 牆壁

▷ Put the shoes against the **wall**.
把鞋子靠牆壁放。

wal·let
[`wɑlɪt]
名 錢包、錢袋

▶ I lost my **wallet**.
我錢包掉了。

want
[wɑnt]
名 需要
動 想要、要

> I **want** to go.
> 我想要走了。

延伸學習　同 desire 想要

war
[wɔr]
名 戰爭

> The **war** is over.
> 戰爭結束了。

延伸學習　反 peace 和平

warm
[wɔrm]
動 使暖和
形 暖和的、溫暖的

> It's getting **warmer**.
> 天氣越來越溫暖了。

延伸學習　片 warm up 暖身

wash
[wɑʃ]
名 洗、沖洗
動 洗、洗滌

> **Wash** your hands before the meal.
> 飯前先洗手。

延伸學習　同 clean 弄乾淨

waste
[west]
名 浪費
動 浪費、濫用
形 廢棄的、無用的

> Don't **waste** your time.
> 不要浪費時間。

延伸學習　反 save 節省

watch
[wɑtʃ]
名 手錶
動 注視、觀看、注意

> I bought a **watch** for you.
> 我買了隻手錶給你。

延伸學習　反 ignore 忽略

wa·ter
[ˋwɔtɚ]
名 水
動 澆水、灑水

> Drink some **water**.
> 喝點水吧。

wa·ter·fall
[ˈwɔtɚˌfɔl]
名 瀑布

> The **waterfall** is beautiful.
> 這一座瀑布很漂亮。

wa·ter·mel·on
[ˈwɔtɚˌmɛlən]
名 西瓜

> I love to eat **watermelons** in summer.
> 我喜歡在夏天吃西瓜。

wave
[wev]
名 浪、波
動 搖動、波動

> I stand on the beach just to watch the **waves**.
> 我站在海灘上就只是為了看海浪。
>
> 延伸學習　同 sway 搖動

way
[we]
名 路、道路

> It's the **way** home.
> 這是回家的道路。

we
[wi]
代 我們

> **We** need some more woods.
> 我們需要更多頭。

weak
[wik]
形 無力的、虛弱的

> She's ill and **weak**.
> 她病得很嚴重，身體很虛弱。
>
> 延伸學習　同 feeble 虛弱的

weap·on
[ˈwɛpən]
名 武器、兵器

> The country invented some strong **weapons**.
> 這國家發明了一些很強的兵器。

wear
[wɛr]
動 穿、戴、耐久

> What will you **wear** tomorrow?
> 你明天會穿什麼？

weath·er
[ˈwɛðɚ]
名 天氣

> What's the **weather** like today?
> 今天的天氣如何？

wed·ding
[ˈwɛdɪŋ]
名 婚禮、結婚

> It's my best friend's **wedding**.
> 這是我最好朋友的婚禮。

延伸學習　同 marriage 婚禮、結婚

**Wedne·sday/
Wed./Weds.**
[ˈwɛnzde]
名 星期三

> I have a meeting on **Wednesday**.
> 我星期三要開會。

week
[wik]
名 星期、工作日

> There are 52 **weeks** in a year.
> 一年有 52 周。

week·day
[ˈwikˌde]
名 平日、工作日

> We work hard on the **weekdays**.
> 我們在平日認真工作。

week·end
[ˈwikˌɛnd]
名 週末（星期六和星期日）

> How will you spend your **weekend**?
> 你週末要怎麼度過？

weight
[wet]
名 重、重量

> Her **weight** is a secret.
> 她的體重是祕密。

wel·come
[ˈwɛlkəm]
名 親切的接待
動 歡迎
形 受歡迎的
感 （親切的招呼）歡迎

> **Welcome** home.
> 歡迎回家。

well
[wɛl]
形 健康的
副 好、令人滿意地

> She doesn't feel **well** today.
> 她今天不太舒服。

延伸學習　反 badly 壞、拙劣地

west
[wɛst]
名 西方
形 西部的、西方的
副 向西方

> Glaza Hotel is on the **west** side of the island.
> 葛來扎飯店在這座島的西方。

延伸學習 反 east 東方

west·ern
['wɛstən]
形 西方的、西方國家的

> Gay marriage is legalized in many **western** countries.
> 同性婚姻在很多西方國家都已合法化。

wet
[wɛt]
形 潮濕的
動 弄濕

> Cover your mouth with the **wet** towel.
> 用這條濕毛巾捂住口鼻。

whale
[hwel]
名 鯨魚

> **Whales** are the largest animal on Earth.
> 鯨魚是地球上最大的動物。

what
[hwɑt]
形 什麼
代 （疑問代詞）什麼

> **What**'s this?
> 這是什麼？

延伸學習 片 So what? 那又怎樣？

what·ev·er
[hwɑtˌɛvə]
形 任何的
代 任何

> I will do **whatever** you say.
> 你說什麼我都會照做。

wheel
[hwil]
名 輪子、輪
動 滾動

> The truck has six **wheels**.
> 這輛卡車有六個輪胎。

when
[hwɛn]
副 什麼時候、何時
連 當……時
代 （關係代詞）那時

▶ **When** will you come?
你何時會來？

where
[hwɛr]
副 在哪裡
代 在哪裡
名 地點

▶ **Where** are you?
你在哪裡？

wheth·er
[ˋhwɛðɚ]
連 是否、無論如何

▶ Let me know **whether** you will come.
告訴我你會不會來。

延伸學習　同 if 是否

which
[hwɪtʃ]
形 哪一個
代 哪一個

▶ **Which** do you like, coffee or tea?
咖啡跟茶，你喜歡哪一個？

while
[hwaɪl]
名 時間
連 當……的時候、另一方面

▶ The bell rang **while** I was taking a shower.
當我在洗澡的時候門鈴響了。

white
[hwaɪt]
名 白色
形 白色的

▶ The cat is **white**.
那隻貓是白色的。

延伸學習　片 black or white 非黑即白
反 black 黑色

who
[hu]
代 誰

▶ **Who** cares
誰在乎？

whole
[hol]
名 全體、整體
形 全部的、整個的

> It would be a **whole** new world.
> 這裡將會變成新的世界。

延伸學習 反 partial 部分的

whom
[hum]
代 誰

> **Whom** do you love?
> 你愛誰？

whose
[huz]
代 誰的

> **Whose** car is larger?
> 誰的車比較大？

why
[hwaɪ]
副 為什麼

> **Why** are you late?
> 你為什麼遲到？

wide
[waɪd]
形 寬廣的
副 寬廣地

> The space is **wide**.
> 空間很寬廣。

延伸學習 同 broad 寬的、闊的

width
[wɪdθ]
名 寬、廣

> What's the **width** of the road?
> 這條路多寬？

延伸學習 同 breadth 寬度

wife
[waɪf]
名 妻子

> Do you want to be my **wife**?
> 你要當我老婆嗎？

延伸學習 反 husband 丈夫

wild
[waɪld]
形 野生的、野性的

> These **wild** animals need our protection.
> 這些野生動物需要我們的保護。

will
[wɪl]
名 意志、意志力
助 將、會

I **will** go back to the school.
我要回學校了。

延伸學習　句 Where there is a **will**, there is a way. 有志者事竟成

will·ing
[ˋwɪlɪŋ]
形 心甘情願的

I am **willing** to help you.
我心甘情願地幫你。

win
[wɪn]
動 獲勝、贏

I **won** the game.
我贏了這場比賽。

延伸學習　反 lose 輸

wind
[wɪnd]
名 風

Everything will go with the **wind**.
一切都會隨風而逝。

延伸學習　同 breeze 微風

win·dow
[ˋwɪndo]
名 窗戶

Open the **window**, please.
請打開窗戶。

wind·y
[ˋwɪndɪ]
形 多風的

It is always **windy** in Fall.
秋天總是很多風。

wine
[waɪn]
名 葡萄酒

I love to drink **wine**.
我喜歡喝葡萄酒。

wing
[wɪŋ]
名 翅膀、翼
動 飛

The **wings** of the bird are long.
這隻鳥的翅膀很長。

win·ner
['wɪnɚ]
名 勝利者、優勝者

> Who's the **winner** of the game?
> 這場比賽的勝利者是誰？
> 延伸學習　同 victor 勝利者

win·ter
['wɪntɚ]
名 冬季

> The **winter** in Taiwan is short.
> 台灣的冬天很短。
> 延伸學習　反 summer 夏天

wise
[waɪz]
形 智慧的、睿智的

> The **wise** old lady can give you a solution.
> 這位有智慧的年長女士可以給你解決方案。
> 延伸學習　同 smart 聰明的

wish
[wɪʃ]
名 願望、希望
動 願望、希望

> I **wish** you were there.
> 我好希望你在這裡。

with
[wɪð]
介 具有、帶有、和……一起、用

> The girl **with** big eyes are pretty.
> 那大眼女孩很可愛。
> 延伸學習　反 without 沒有

with·in
[wɪ'ðɪn]
介 在……之內

> I will come **within** an hour.
> 我在一小時以內會到。
> 延伸學習　同 inside 在……之內

with·out
[wɪ'ðaʊt]
介 沒有、不

> **Without** you, I am like a lost ship.
> 沒有你，我像條迷失方向的船。

wolf
[wʊlf]
名 狼

> The **wolves** ate all our chicken.
> 狼群吃掉我們全部的雞。

wom·an
[ˈwʊmən]
名 成年女人、婦女

> The **woman** is nice to me.
> 那女人對我很好。

延伸學習 反 man 成年男人

wond·er
[ˈwʌndɚ]
名 奇蹟、驚奇
動 對……感到疑惑

> I **wonder** why you love her.
> 我好奇你怎麼會喜歡她。

won·der·ful
[ˈwʌndɚfəl]
形 令人驚奇的、奇妙的

> It is a **wonderful** project.
> 這是個完美的計畫。

延伸學習 同 marvelous 令人驚奇的

wood(s)
[wʊd(z)]
名 木材、樹林

> The table is made of **wood**.
> 這桌子是木頭做的。

wood·en
[ˈwʊdn̩]
形 木製的

> The **wooden** desk is heavy.
> 這木製的桌子很重。

word
[wod]
名 字、單字、話

> The **word** is too difficult for children.
> 這個字對小孩來說太難了。

work
[wɜk]
名 工作、勞動
動 操作、工作、做

> I **work** hard every day.
> 我每天都很認真工作。

延伸學習 同 labor 工作、勞動

work·er
[ˈwɜkɚ]
名 工作者、工人

> The **workers** are angry.
> 工人們很生氣。

world
[wɜld]
名 地球、世界

> I believe the **world** is getting better.
> 我相信世界變得更好了。

wor·ry
[ˋwɜɪ]
名 憂慮、擔心
動 煩惱、擔心、發愁

> Don't **worry** about me.
> 不要替我擔心。

worth
[wɜθ]
名 價值

> It's hard to estimate the **worth** of the book.
> 這本書的價值難以估計。

wound
[wund]
名 傷口
動 傷害

> The **wound** is deep.
> 這傷口很深。
> 延伸學習　同 harm 傷害

wrist
[rɪst]
名 腕關節、手腕

> The watch on her **wrist** seems quite fashionable.
> 她手腕上的手錶看起來滿有時尚感的。

write
[raɪt]
動 書寫、寫下、寫字

> She **wrote** an interesting story.
> 她寫了個有趣的故事。

writ·er
[ˋraɪtɚ]
名 作者、作家

> J. K. Rowling is a famous **writer**.
> J. K. 羅琳是有名的作家。
> 延伸學習　同 author 作者

wrong
[rɔŋ]
名 錯誤、壞事
形 壞的、錯的
副 錯誤地、不適當地

> What's **wrong** with you?
> 你怎麼了？
> 延伸學習　同 false 錯的

☁ *Yy* ....

yard
[jɑrd]
名 庭院、院子

> I park my car in the **yard**.
> 我把車子停在院子裡。

year
[jɪr]
名 年、年歲

> I haven't seen you for **years**.
> 我好幾年沒有看到你了。

yel·low
[ˋjɛlo]
名 黃色
形 黃色的

> The **yellow** dress is a bargain.
> 那件黃色裙子好划算。

yes/yeah
[jɛs]/[jɛə]
名 是、好
副 是的

> **Yes**, I will marry you.
> 是的,我會跟你結婚。

yes·ter·day
[ˋjɛstɚde]
名 昨天、昨日

> **Yesterday**, I was very tired.
> 昨天我很累。

yet
[jɛt]
副 直到此時、還（沒）
連 但是、而又

> I haven't got the mail **yet**.
> 我還沒收到信。

延伸學習 反 already 已經

you
[ju]
代 你、你們

> Are **you** a student?
> 你是學生嗎？

young
[jʌŋ]
形 年輕的、年幼的
名 青年

> Keep a **young** heart.
> 常保一顆年輕的心。

延伸學習　反 old 老的

your(s)
[jʊr(z)]
形 你的(東西)、你們的(東西)

> Is that **yours**?
> 那是你的嗎?

youth
[juθ]
名 青年

> The development of a country is related to the quality of the **youth**.
> 一個國家的發展跟青年素質有關。

yum·my
[ˋjʌmɪ]
形 舒適的、愉快的、美味的

> The cake is **yummy**.
> 這塊蛋糕好好吃。

Zz ....

ze·bra
[ˋzibrə]
名 斑馬

> African **zebras** are lively.
> 非洲斑馬很有活力。

延伸學習　名詞複數 zebras

ze·ro
[ˋzɪro]
名 零

> It was ten degrees below **zero**.
> 天氣是零下十度。

zoo
[zu]
名 動物園

> My children love to go to the **zoo**.
> 我的小孩很喜歡去動物園。

A. 分類法記單字：把與主題相關的詞彙填入正確的框裡。

wrong, valley, want, ugly, waterfall, watermelon

動詞	名詞	副詞

B. 找字母記單字：看看下方的單字，在文字矩陣中圈出該字的拼字（→、↘、↗）。

Word Bank: wrong, until, valley, wolf, weak

C. 問答聯想圖，以聯想法記單字：看看下方的提示字、問題，還有空格前後的提示字母，把答案填進空格中。

wolf、waterfall、watermelon

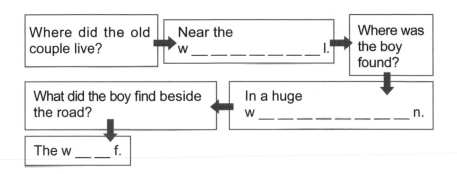

| Where did the old couple live? | → | Near the w _ _ _ _ _ _ _ l. | → | Where was the boy found? |

| What did the boy find beside the road? | ← | In a huge w _ _ _ _ _ _ _ _ _ n. |

The w _ _ f.

D. 前後文線索記單字：看看空格前後文，把最符合句意的單字填進空格。

wrong, water, wolf, weak, wood

1. The _____ is crystal clear. You may even see the fish and shrimps inside.

2. Many people don't like _____ as they tend to be described as evil characters in most movies and stories.

3. In the story of"Hansel and Gretel,"the children's father is a _____ cutter. The father can make money by selling it.

4. It is not _____ to fall in love with a person who is much younger or older than you. If you two truly love each other, you don't have to worry about the age difference.

5. Everybody has his or her _____ points in writing. Keep on working on it and your writing skills will improve.

答案&解析

第 1 階段

A

> act（作為……）、arrive（抵達）、alone（單獨一人）、
> ancient（古代的）、bedroom（房間）

1. **alone**；當提姆獨自一人時，他是安靜的。他不發一語，安靜的讀圖畫書。
2. **arrived**；珊蒂很晚才回家。已經半夜了，而她的家人早已入睡。
3. **ancient**；蒂娜希望有天她能參觀古代的城堡。城堡中有古老的畫作。
4. **bedroom**；吉姆的房間好乾淨。你不會在地板上看到髒襪子或是髒衣服。
5. **acting**；不要像個傻子一樣，不要再做愚蠢的事。

B

> ant（螞蟻）、animal（動物）、apartment（公寓）、arrive（抵達）、answer（答案）、banker（銀行員）、apple（蘋果）

- 生物：**ant**、**animal**、**banker**
- 動作：**arrive**、**answer**
- 非生物：**apartment**、**apple**

第 2 階段

A

b 1. 哈利真的是一位很<u>勇敢</u>的男孩。他不怕邪惡的巫師。
  a. ugly（醜陋的）b. chicken-hearted（膽小的）c. dark（黑暗的）

a 2. 這間速食餐廳光線<u>明亮</u>，是適合閱讀我最喜歡的小說的好地方。
  a. dark（黑暗的）b. sparkling（閃亮的）c. shiny（光亮的）

b 3. 簡而言之，一天三杯咖啡對你的健康有益。

　　a. short（短的） b. long（長的） c. to the point（切中要
　　點的）

c 4. 莎莉很愛去百貨公司購物。在那裡的那些全新的袋子和鞋
　　子既漂亮，又閃亮。

　　a. fashionable（時尚的）b. latest（最近的）c. old（舊的）

B

> but（但是）、brief（簡短的）、coffee（咖啡）、
> colorful（多采多姿的）、butterfly（蝴蝶）

1. **colorful**（多采多姿的）；什麼會讓你的生活多采多姿？學著
　成為有創意的藝術家，還是創造充滿歡笑和驚喜的日子？

2. **brief**（簡短的）；你可不可以長話短說？五分鐘後，我必須去
　趕公車。

3. **Butterflies**（蝴蝶）；蝴蝶在花園中漫舞，真是漂亮。

4. **coffee**（咖啡）；彼得喜歡坐在咖啡館裡，喝黑咖啡。

5. **but**（但是）：人類是一種習慣性的動物。犯錯是容易的，但
　停止犯同樣的錯卻很難。

－ 第 3 階段

A

> decide（決定）、dangerous（危險的）、describe（描寫）、
> daughter（女兒）、difference（不同）、difficult（困難的）

- 動詞：**decide**、**describe**
- 名詞：**daughter**、**difference**
- 形容詞：**dangerous**、**different**

B

a 1. 當芬妮失明時，世界對她而言是一片的黑暗。

　　a. bright（光明的）b. black（黑的）c. sunless（陰沉的）

b 2. 這次的數學考試好難。班上有一半的學生沒有通過。

a. challenging（有挑戰性的）b. easy（容易的）c. tough（棘手的）

b 3. A: 好作者與壞作者之間的差異在哪裡？

B: 用字。

a. variety（不同種類）b. similarity（相似性）

c. distinction（差別）

c 4. 你不會相信這件事。情況很危險。

a. deadly（致命的）b. terrible（可怕的）c. safe（安全的）

C

1. **dead**（死人）；有些人選擇活的像個「活死人」。他們活著，但活得好像沒有靈魂。〔其他單字：life 生命；difference 差異〕

2. **crowd**（群眾）；一群人在海邊玩抓怪的遊戲。〔其他單字：countryside 鄉間；courage 勇氣〕

3. **decides**（決定）：麥克是個喜歡自己做決定的高中生。在沒有跟任何人商量的狀況下，他決定前往台北。〔其他單字：do ／ does 做〕

4. **concern**（憂慮）：你看起來不太開心。你在擔心什麼？

5. **describe**（描寫）：要描寫艾莎這個人不是件容易的事。她是個經常變換面部表情的女人。〔其他單字：decide 決定／die 死亡〕

─ 第 4 階段

A

b 1. 這個邪惡的繼母要求女孩做全部的家事，不想讓她去參加派對。

a. wicked（邪惡的）b. kind（善良的）c. mean（刻薄的）

a 2. 莫扎特是位有名的音樂家。 據說當他四歲時，他就會彈鋼琴。a. ordinary（平凡的）b. well-known（著名的） c. important（重要的）

b 3. 有些人考試時作弊。如果他們通過考試的話，那還有誰會相信這場考試是<u>公平的</u>呢？ a. proper（適當的）b. unfair（不公平的）c. lawful（合法的）

B

example（範例）、famous（有名的）、evil（邪惡的）、
fair（公平的）、 find（發現）、food（食物）、energy（能量）

- 動詞：**find**
- 名詞：**example**、**food**、**energy**
- 形容詞：**famous**、**evil**、**fair**

C

fight（打架）、energy（精力）、envy（嫉妒）、
fail（失敗）、especially（特別是）、fair（公平的）、
find（找到）、exercise（練習）

1. **energy**（精力）；當孩子們沒有在睡覺時，他們似乎精力充沛。孩子們大笑並開心地玩著各類的遊戲。
2. **especially**（特別是）；好好照顧我的兄弟姊妹，特別是小吉米。他喜歡惡搞大人。小心點。
3. **fight**（打架）；我的貓和我的寵物狗每天打架，這會很奇怪嗎？貓和狗是敵人。
4. **failed**（失敗）：這次考試泰德搞砸了。他的爸媽暴怒。
5. **envy**（嫉妒）：你姊姊看起來明豔動人！真是讓人嫉妒。她看起來根本就是個皇后。
6. **fair**（公平的）：A：強生沒有對這場戲劇比賽做任何事，但黃老師還是大力的讚揚他。這公平嗎？
   B：冷靜下來。也許強生真的做了什麼對這場比賽有幫助的重要的事。
7. **exercise**（練習）；每天做舉重練習，持續練習一個月。你會發現你變得愈來愈強壯。
8. **found**（找到）；在一場漫長的旅程後，母熊最後終於找到小熊了。很幸運的，她的小孩仍然健康平安。

第 5 階段

A

gun（槍）、hunter（獵人）、hen（母雞）

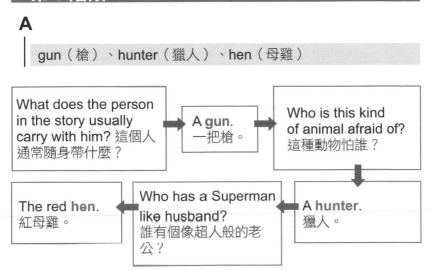

What does the person in the story usually carry with him? 這個人通常隨身帶什麼？

→ A gun. 一把槍。

→ Who is this kind of animal afraid of? 這種動物怕誰？

↓

The red hen. 紅母雞。

← Who has a Superman like husband? 誰有個像超人般的老公？

← A hunter. 獵人。

B

horrible（恐佈的）、greedy（貪心的）、high（高的）、hurt（被傷害的）、husband（丈夫）

C

c 1. 在一部有名的日本卡通裡，女孩的父母因為貪婪，所以吃了很多食物而沒有付錢。他們變成了豬。
a. selfish（自私的）b. hungry（飢餓的）c. generous（慷慨的）

a 2. 這個鬼故事很恐怖。你可能會做惡夢。你確定你想聽？
a. happy（快樂的）b. scary（害怕的）c. terrible（可怕的）

c 3. 喔，我真恨那雙高跟鞋。那雙鞋弄傷我的腳趾了。
a. lofty（崇高的）b. elevated（提高的）c. low（低的）

b 4. 小孩摔倒了，在哭。換句話說，他受傷了，需要有人去照顧他。
a. shot（被射中）b. cured（治療好了）c. wounded（受傷）

D

1. **humor**（幽默）；爺爺沒有幽默感，每次我跟他講好笑的故事，他沒有一次笑過。〔其他單字：hire 僱用、history 歷史〕
2. **hero**（男主角）；《傲慢與偏見》裡的男主角是達西先生。他剛開始時表現的像個壞人，但他事實上是個肯付出關懷的人。
3. **hill**（丘陵）；教堂就在山頂上。你走個半小時就可以抵達。
4. **husband**（丈夫）；A：艾咪選老公的標準是什麼？ B：常然是高富帥啊。
5. **Guess**（猜測）；猜猜看發生什麼事了？尼克的老婆懷孕了！尼克要當爸爸了。

第 6 階段

A

long（長的）、lucky（幸運的）、lonely（孤單的）、knife（刀）、January（一月）、learn（學習）、leave（離開）

- 動詞：**learn**、**leave**
- 名詞：**knife**、**January**

- 形容詞：**long**、**lucky**、**lonely**

B

> lucky 幸運的、lonely 孤單的、learn（學習）、January（一月）、
> knife（刀）

C

> land（土地）、investigate（調查）、 late（遲到）、
> less（愈少）、loss（失去）

1. **investigate**；警察決定要調查此事。整件事似乎太奇怪。
2. **land**；農夫有太多的土地。他種了很多西瓜和花生。
3. **loss**；失去該枚婚戒讓該名女子既傷心又害怕。她的老公將會
   因此事而大怒。
4. **late**；不要晚到圖書館。我會在那裡跟你碰面，借你一本有趣
   的圖畫書。
5. **less**；當祖父逐漸年老，他愈來愈不關心這世界。

A

moon（月亮）、name（名字）、nest（鳥巢）

| What kind of artwork did Wang Wen-Chih create?（王文志創造了什麼樣的藝術品？） | → | The peach-like **nest**.（像桃子一樣的鳥巢。） | → | What would this artwork remind us of?（這個藝術品讓我們想到什麼？） |

The old **name** of Chiayi.（嘉義的舊名。）

The beauty of **moon**, of lake, and of the artwork.（月色、湖景和藝術品的美。） ← What can we enjoy if we visit Lantan, Chiayi?（如果我們造訪嘉義蘭潭，我們可以享受到什麼？） ← The old **name** of Chiayi.（嘉義的舊名。）

B

mouth（嘴巴）、monster（怪物）、need（需要）、more（更多）、now（現今）

```
M O N S T E R
O N M O R E Y
U N E Q D L M
T M O E R J Z
H L T W D M M
```

C

> moon（月亮）、memory（回憶）、make（製作）、
> monster（怪物）、night（夜晚）

1. **made**；安琪拉為母親<u>做</u>了布丁蛋糕。她跟家人一起慶祝母親的生日。
2. **monsters**；孩童時期聽的故事滿是可怕的<u>怪物</u>，像只有一隻眼的綠色生物或者是有三個頭的龍。
3. **night**；<u>晚上</u>囉。該是關掉電視機、刷牙，和上床的時候到了。
4. **memory**；戰爭的<u>回憶</u>讓伯奈特小姐覺得呼吸困難。她的男友死於二次世界大

戰，每次她看到他的日記便忍不住哭泣。
5. **moon**；在一個傳統的中國節日，有<u>些</u>人會吃<u>月</u>餅和柚了。有些人會跟家人或朋友一起來場烤肉派對。

第 8 階段

A

> powerful（強大的）、princess（公主）、prepare（準備）、
> pleasant（愉悅的）、point（角度）、offer（提供）

* 動詞：**prepare**、**offer**
* 名詞：**princess**、**point**
* 形容詞：**powerful**、**pleasant**

B

b 1. <u>正面</u>思考可以幫助一個人抱持著一切會變好的希望努力工作。
   a. confidant（有自信的）b. negative（負面的）c. perfect（完美的）

a 2. 這幅荷花畫作十分<u>珍貴</u>。這幅畫作是張大千這位知名的中國藝術家所創作的。a. cheap（便宜的）b. dear（昂貴的）c. prized（非常有價值的）

c 3. 當你生氣的時候，你再也不漂亮了。你看起來就像個邪惡的後母。a. lovely（漂亮的）b. beautiful（漂亮的）
c. ugly（醜陋的）

c 4. 像公主一般的過日子必定是件愉悅的事，但有意義嗎？ a. satisfying（令人滿意的）b. cheerful（開心的）
c. unpleasant（不愉悅的）

C

person（人）、pleasant（愉悅的）、point（重點）、
prince（王子）、overseas（海外的）

1. **overseas**；莎曼莎最大的夢想是有份海外的工作。她計畫要到加拿大去當教中文的老師。

2. **prince**；哇，那個男模特兒穿著絲絨襯衫和優雅的長褲，舉止是如此的優雅。他看起來就像王子。

3. **person**；你認識手抱白貓，經常在這一帶閒晃的人嗎？

4. **point**；如果這個孩子沒有向善的心，那麼帶他來到這個世界又有什麼意義呢？

5. **pleasant**；去看電影和吃爆米花是件愉悅的事。你可以坐在那兒享受一個好的故事。

第 9 階段

A

rabbit（兔子）、pray（祈禱）、protection（保護）、
seldom（很少）、return（返回）、send（寄送）

* 動詞：**return**、**pray**、**send**
* 名詞：**rabbit**、**protection**
* 副詞：**seldom**

B

save（拯救）、pray（祈禱）、secret（秘密的）、respect（尊敬）、 protection（保護）

C

sent（寄送）、pray（祈禱）、ride（騎）、seldom（很少）、protect（保護）、return（返回）

1. **riding**；國王的愛人騎馬，不小心墜馬。幸運的是，她沒有受傷。
2. **seldom**；吳太太每週末很少待在家。你不太可能會發現她在週末待在家做家事。
3. **return**；吉米的父親剛才打來。他要求他要立刻返家，要不然他要親自過來把他帶回家。
4. **prays**；泰德跪在他媽媽的床邊，向上天祈禱，希望神保護他母親，並賜予他媽媽幸運，如此一來他的母親便很快就能痊癒。
5. **protect**；溫室可以保護這些漂亮的花朵不因寒冷的天氣而受到傷害。
6. **sent**；奶奶寄給我一條圍巾當聖誕節禮物。我很開心。

A

| snake（蛇）、stone（石頭）、sword（劍） |

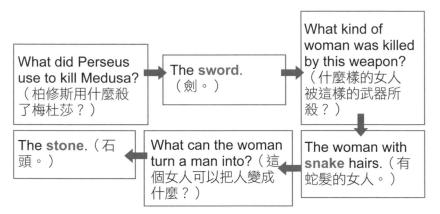

B

a 1. 多喝些牛奶。牛奶會讓你變**壯**。a. weak（弱的）b. active（活躍的）c. energetic（有活力的）

b 2. 有些男人很容易被<u>纖瘦</u>的女人所吸引。 a. lean（瘦的）b. chubby（胖胖的）c. skinny（皮包骨的）

c 3. 祝福你生意<u>興隆</u>，婚姻幸福。 a. lucky（幸運的）b. wealthy（有錢的）c. unsuccessful（不成功的）

c 4. 他已經不再為索明工作了。為什麼你看起來如此<u>驚訝</u>？a. shocked（嚇到的）b. frightened（受驚的）c. calm（冷靜的）

b 5. <u>奇怪的</u>新聞每天都發生。如果沒有新聞，那才真是奇怪。a. funny（滑稽的）b. common（常見的）c. odd（奇怪的）

─ 第 11 階段

A

tears（眼淚）、trash（垃圾）、turtle（烏龜）

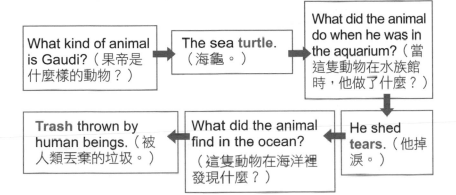

What kind of animal is Gaudi?（果帝是什麼樣的動物？）

→ The sea **turtle**.（海龜。）

→ What did the animal do when he was in the aquarium?（當這隻動物在水族館時，他做了什麼？）

He shed **tears**.（他掉淚。）

What did the animal find in the ocean?（這隻動物在海洋裡發現什麼？）

Trash thrown by human beings.（被人類丟棄的垃圾。）

B

testing（測試的）、trip（旅行）、throw（丟）、
together（一起）、topic（主題）、think（認為）

1. **trip**；艾拉在出公差。她下星期一會回來。
2. **topic**；這篇文章的主題是關於如何省錢。你們有任何想法嗎？
3. **together**；羅密歐和茱麗葉在劇終並沒有在一起。觀眾為這對情侶感到遺憾。
4. **testing**；列車系統還在測試。等系統準備好了，我們一定會宣佈這個消息。
5. **throw**；湯姆，把飛盤丟給你弟。他正等著要接呢。
6. **think**；貝拉不認為吃烏龜肉是件對的事。把牠放回海洋去吧。

A

wrong（錯的）、valley（山谷）、want（想要）、ugly（醜的）、
waterfall（瀑布）、watermelon（西瓜）

- 動詞：**want**
- 名詞：**valley**、**waterfall**、**watermelon**
- 形容詞：**wrong**、**ugly**

wrong（錯誤的）、until（直到）、valley（山谷）、wolf（野狼）、
weak（虛弱的）

C

wolf（野狼）、waterfall（瀑布）、watermelon（西瓜）

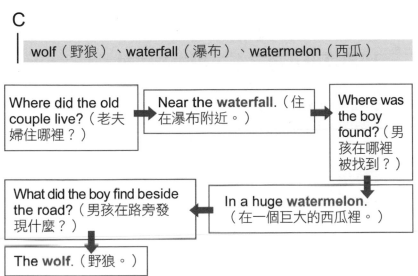

wrong（錯的）、water（水）、wolf（野狼）、weak（虛弱的）、wood（木頭）

1. **water**；這裡的<u>水</u>很清澈。你甚至可以看到裡頭的魚和蝦子。

2. **wolves**；很多人不喜歡<u>野狼</u>，因為他們在大部份的電影和故事裡，傾向被描寫成邪惡的角色。

3. **wood**；在〈糖果屋〉這個故事裡，小孩的父親是砍<u>木頭</u>的樵夫。父親是靠賣木頭賺錢的。

4. **wrong**；和一個比你年紀小很多或大很多的人戀愛並不是件<u>錯誤</u>的事。如果你們真心愛彼此，你根本不需要擔心年紀的差距。

5. **weak**；每個人在寫作上都有自己的<u>弱</u>點。繼續努力，你的寫作技巧便能精進。

語研力 E096

征服考場 英檢單字
12段進階式得分王（初級＆中級）

作　　者	曾婷郁
顧　　問	曾文旭
出版總監	陳逸祺、耿文國
主　　編	陳蕙芳
執行編輯	翁芯琍
美術編輯	李依靜、葉芷寧
法律顧問	北辰著作權事務所

印　　製	世和印製企業有限公司
初　　版	2024 年 06 月
出　　版	凱信企業集團 - 凱信企業管理顧問有限公司
電　　話	（02）2773-6566
傳　　真	（02）2778-1033
地　　址	106 台北市大安區忠孝東路四段 218 之 4 號 12 樓
信　　箱	kaihsinbooks@gmail.com

定　　價	新台幣 360 元 / 港幣 120 元
產品內容	1 書

總 經 銷	采舍國際有限公司
地　　址	235 新北市中和區中山路二段 366 巷 10 號 3 樓
電　　話	（02）8245-8786
傳　　真	（02）8245-8718

國家圖書館出版品預行編目資料

征服考場 英檢單字 12段進階式得分王（初級＆中
級）／曾婷郁 著. – 初版. – 臺北市：凱信企業集團
凱信企業管理顧問有限公司, 2024.06
　　面；　公分
ISBN 978-626-7354-43-8(平裝)

1.CST: 英語　2.CST: 詞彙

805.12　　　　　　　　　　　　113003281

凱信企管

用對的方法充實自己，
讓人生變得更美好！

凱信企管

用對的方法充實自己，
讓人生變得更美好！